傲慢與偏見

Pride & Prejudice

珍・奧斯汀

高寶書版集團

閱讀經典　002

傲慢與偏見
Pride and Prejudice

作　　者：珍・奧斯汀(Jane Austen)
譯　　者：陳玥菁
總 編 輯：林秀禎
編　　輯：楊惠琪
出 版 者：英屬維京群島商高寶國際有限公司台灣分公司
Global Group Holdings,Ltd.
地　　址：台北市內湖區新明路174巷15號1樓
網　　址：gobooks.com.tw
E - mail：readers@gobooks.com.tw（讀者服務部）
pr@gobooks.com.tw（公關諮詢部）
電　　話：(02)27911197　27918621
電　　傳：出版部 (02)27955824　行銷部 27955825
郵政劃撥：19394552
戶　　名：英屬維京群島商高寶國際有限公司台灣分公司
初版日期：2006年7月
發　　行：高寶書版集團發行 / Printed in Taiwan

國家圖書館出版品預行編目資料

傲慢與偏見 / 珍.奧斯汀(Jane Austen)著 ；
陳玥菁譯. -- 初版. -- 臺北市 ：高寶國際,
2006[民95]
面 ； 公分. -- (閱讀經典 ；2)

譯自 ：Pride and prejudice
ISBN 986-7088-56-5(平裝)

873.57　　95010167

閱讀經典的理由

小時候，我們每個人都愛聽故事，也愛看故事書，並從中得到了寧靜與喜悅，發現了自己的小天地。但現代人多半忙忙於公事案牘、碌碌於魚米柴薪，沒有空閒更沒有精力靜下心來閱讀，從而與這項最單純的快樂越離越遠。所以，若想要重新體會這分感動，又苦於好書太多，而時間太少，那麼，閱讀經典文學該是最有效率的方式了。

爲什麼說閱讀經典是最有效率的方式呢？要知道，經典之所以被稱爲經典，在於它們的內容經過悠悠歲月與千百讀者的試煉後，其地位依然屹立不搖，其價值歷久不墜，因此值得人們一看再看，並隨著時代的變革賦予新的意義。

閱讀經典系列將各國經典文學重新迻譯，文字雅潔流暢，是最適合時下青年學子閱讀的經典文本。而入選閱讀經典系列的每本書，無一不是深刻雋永，無一不是文壇大家嘔心瀝血之作。盼望熱愛文學的讀者知音們，能夠盡情徜徉在每本書的奇妙世界之中。

珍．奧斯汀就是珍．奧斯汀

蔡詩萍

的確，如果珍．奧斯汀留下的不是那六本看似平凡實則細膩的小說，包括《傲慢與偏見》，我們或許早忘了她。

每個小說家寫小說都有個理由，也許因為太多的男性小說家說了太多關於寫小說的「論述」，因此當我們看到珍．奧斯汀的小說「只關心平凡的事」時，不免會錯愕，原來小說也可以這樣寫！寫身邊的人，寫身邊的事，寫細細瑣瑣，流水光陰下，陰晴不定的人際往來。

珍．奧斯汀肯定不能預料，她的身後名聲會持續這麼久，不但被小說家毛姆推薦為「世界十大小說」，而且在有了電影之後，當文學與小說不斷被人質疑是否死亡之際，她的小說仍繼續被讀、被討論，甚至被改編成劇本、拍成電影。其中《理性與感性》竟還讓出身東方文化傳統的臺灣導演李安拍得神韻十足，這些身後榮耀一定不是她當時有意寫小說時想得到的。

珍．奧斯汀從來沒有想要寫什麼偉大的作品，她那個時代也不鼓勵她這麼做，否則她也不必以「by a lady」為筆名，出版《傲慢與偏見》了。但珍．奧斯汀時代的英國畢竟只是虛矯而已，女人雖然難以取得與男人平等的地位，珍．奧斯汀的小說風格仍然讓她「驚豔」於英倫的藝文界，不斷得到當代男性大作家的驚嘆肯定，使她能一直寫下去。成了名的珍．奧斯汀顯然也不免覺得虛榮，然而她仍繼續寫，寫身邊的人，身邊的事，平凡而常見的愛情、嫉妒、猜疑與虛矯。

珍・奧斯汀的平凡風格何以為她掙得身後始終不輟的聲名呢？同是英國女性作家的維吉尼亞・伍爾芙（Virginia Woolf）分析的很準確，珍・奧斯汀有著「深入事物內部的洞察力」，這種洞察力使她能捕捉生活裡旁人視之為當然，或事不關己的鏡頭與畫面，經由她的細膩筆觸，這些平凡細節有了不平凡的生命，因為我們每個人都會在自己的生活裡經歷這些旁人視為平凡，自己卻永遠為它感動的平凡遭遇。

因此好的作家，不在於他們寫了什麼偉大的題材，而在於他們為人類的處境「發掘」了什麼被忽略的細節。珍・奧斯汀何必去寫她不了解的世界？中產階級、上流社會裡日常生活的社交、舞會、野餐、吟詩，何嘗不讓我們經由她的小說，窺見了一個珍・奧斯汀的時代。珍・奧斯汀不必為什麼偉大的理念寫作，她只為她自己寫作，為她看到、接觸到、了解到的人與事而寫作，也因為這樣，她反而善盡了「為整個世界寫作」的作家功能。一八一三年出版的《傲慢與偏見》，現在一讀再讀，那些場景、風俗或許我們已不熟悉，也沒興趣去熟悉，但珍・奧斯汀筆下人的傲慢與偏見，人性的脆弱與堅強，卻是那麼栩栩如生讓人動容。

終身未婚的珍・奧斯汀為我們留下的六部作品，每部都有愛情與婚姻，那些細細瑣瑣的情愛世界，處處可見珍・奧斯汀的寬容與細膩，但是她為什麼不婚呢？四十二歲即與世長辭的珍・奧斯汀，並沒有留下太多線索讓後人去解謎，我們只能從她的小說裡去揣摩，一個能在旁人的平凡交談中攫住深刻畫面的心細女子，是如何走過人群，走過他們的交談，走回自己的書桌，提起筆記下的心情。珍・奧斯汀就是珍・奧斯汀，她告訴我們小說的不朽，是有很多可能性的！

開場

單身男人一旦有了錢，總是容易讓人聯想到：他是該結婚了。

就因為這種理所當然的想法深植人心，所以世上每個符合這種條件的單身漢，無論走到哪裡，多多少少總會被一些人看成或想成是自己未來的女婿之一。

這一天，班奈特太太對她丈夫說：「親愛的，尼瑟菲德莊園終於租出去了，你聽說了嗎？」

「沒有。」

「龍格太太剛剛來的時候告訴我的。」

「哦。」

「你不想知道是誰租走的嗎？」她嚷了起來。

「妳要說，我聽聽也無妨。」

這句話果然使她有了講下去的動機。

「噢，你不知道，租下尼瑟菲德莊園的是一個有錢少爺哩，據說是北英格蘭人。星期一那天，他坐了一輛大馬車來看房子，好像非常滿意，馬上就和莫瑞斯先生講定了。」

「他叫什麼名字來著？」

「賓利。」

「一個人？」

「嗯，一個人，親愛的，是個標準的單身漢！一個每年有四、五千英鎊收入的有錢單身漢。我們的女兒有福了！」

「這關她們什麼事？」

「我的好丈夫，」她回答道，「你還沒想到嗎？他要是看上了我們家裡任何一個女兒，那我們往後的日子就不知會有多美好了！」

「什麼跟什麼啊，他搬到這兒來，難道是為了這個？」

「為這個？拜託，可能嗎？不過，說不定他還真的會看上我們的哪一個女兒哦。等他搬來，你可得去拜訪他一下。」

「妳帶女兒去就行啦。不然，讓她們自己去也好，因為沒有一個女兒比得上妳，妳去了，賓利先生搞不好最後看中的會是妳呢。」

「你太抬舉我啦。年輕的時候也許還有人看見我會驚為天人，現在我可不敢奢望了。」

「這麼說，妳還是有一點自知之明囉。」

「不管怎樣，他一搬來，你記得去看看他就是了。」

「一定要這麼做嗎？」

「你是她們的爸爸耶。你想一想，她們不管哪一個，只要有一個攀上了這樣的有錢人家，我們家就發了。人家魯卡斯夫婦早已在盤算要去拜訪他了，要知道，他們從來不來這套的。你要是不先去，教我們這些女生怎麼去？」

「我寫封信讓妳帶去吧，就說他只要看中了我任何一個女兒，我都願意讓他把她娶走。而且，我還會在信上特別提到莉琪。」

「真奇怪，說漂亮嘛，她沒有琴恩漂亮；說活潑嘛，她又比不上麗迪雅。怎麼你老是偏心她？」

「她們沒有一個好誇獎的，」他回答道，「時下的年輕女孩個個又笨又無知，只有莉琪還好一點。」

「你怎麼這樣說自己的女兒啊？你是在故意氣我，對不對？你忘了我神經衰弱嗎？」

「妳錯怪我了，我的好太太。我一向尊重妳的神經，它們早已成了我的老朋友。尤其最近二十年，妳總是在我耳邊提起它們。」

「嗚……你根本不了解我心裡的苦！」

「妳知道嗎？如果妳這毛病沒了，那麼，像這種讓人睜大眼睛的闊少爺，就會陸陸續續的讓妳看到他們一個個搬來。」

「你又不願去登門拜訪，就算有五十個、一百個搬來，又有什麼用！」

「安心吧，我的好太太，等到有了這麼多『貴客』時，我一定親自一個個拜訪。」

班奈特先生的本事就在這，他既能談笑風生，極盡挖苦之能事，同時也能不苟言笑，高深莫測，即使他太太累積了二十三年經驗，仍然摸不透他。而班奈特太太偏偏是個頭腦簡單、水準不高、藏不住心事的女人，只要碰到煩人的事，她便自認為是神經衰弱。她一生中最大的心願就是把女兒風風光光的嫁出去，唯一的樂趣就是串門子和道聽塗說。

拜訪

班奈特先生雖然說沒興趣去拜訪賓利先生，但實際上他早就打算好要跟第一批人一起去拜訪他了。這件事班奈特太太到了晚上才曉得。

話說那晚，班奈特先生看到女兒在裝飾帽子，突然冒出一句：「但願賓利先生會被妳這頂帽子吸引，莉琪。」

班奈特太太氣憤的說：「你怎麼知道他喜歡什麼樣的帽子？」

「妳忘啦，媽！」莉琪說：「舞會上呀，龍格太太不是說要把他介紹給我們認識嗎？」

「別作夢了，她自己有兩個姪女，妳就不要奢望一個那麼自私自利的人會說到做到了。」

班奈特先生說：「嗯，妳能認清這一點，我很高興。」

班奈特太太沒理他，可是一股莫名的氣仍在，於是就遷怒到女兒身上。

「妳一定要那樣咳個不停嗎？凱蒂，妳吵得讓人快要精神崩潰了。」

她父親接著說：「說的也是。」

「我又不是故意的。」凱蒂惱怒的回答。

「舞會定在哪一天，莉琪？」

「兩個星期後。」

「我就說嘛，」她的母親叫道，「龍格太太一直要到舞會前一天才能回來，她怎麼可能把他介紹給妳們嘛？」

「我的好太太，那妳就反過來把賓利先生介紹給她……」

「開玩笑，我自己都還不認識他呢。」

「兩個星期當然不足以了解他的底細，但是，要是我們不主動去試試看，別人也會搶著去的。所以，要是妳不想當這介紹人，那就由我來吧，說不定她還會覺得這是我們的一片好意呢。」

女兒們一個個都瞪大了眼睛。班奈特太太則嚷嚷道：「傻瓜！」

「介紹人家認識就是傻瓜嗎？瑪麗妳說說看，妳書讀得多，我知道妳一定有什麼想法。」

瑪麗欲語還休。

於是班奈特先生說：「就讓瑪麗先想一下吧。怎麼樣？我們還是來談談賓利先生。」

「提他幹嘛？」他的太太一副不屑的樣子。

「妳的意思是，我不用去拜訪他囉？唉，早知道我就不……」

果然和預料的一樣，那群女人一聽到他這麼說，個個都騷動了起來，尤其是班奈特太太。只是，她竟當著大家面前說她早就料到了。

「我早就知道你一定不會不為所動的。你一向那麼疼自己的女兒，當然不可能把這樣一號人物忽略掉。我真服了你，竟然會一大早就去拜訪他，而且還保密到家。」

「凱蒂，現在妳可以放心的咳嗽了。」班奈特先生邊說邊走出房間，看到自己的妻子那麼容易就得意忘形，他實在有點待不下去。

他才剛走，班奈特太太便對她的幾個女兒說：「妳們的爸爸真是太偉大了，老實說，我們年紀都已經一大把了，如果不是為了妳們，哪還有什麼閒情逸致去認識什麼年輕人。麗迪雅，雖然妳最小，說不定開舞會時，那位賓利先生就只跟妳跳呢。」

只見麗迪雅滿不在乎地說：「哦？是嗎？」

舞會

據說賓利先生不但儀表堂堂，而且待人有禮，最重要的是，這次的舞會他還邀請了一大群佳賓參加。要知道，跳舞是談情說愛的前奏。誰不希望能夠在這次舞會中得到賓利先生的好感呢？

「不管是誰，只要有一個女兒能在尼瑟菲德莊園幸福的成家，」班奈特太太對她先生說，「而其他幾個也找到像這樣的對象，那麼我今生就沒有什麼遺憾了。」

幾天後，賓利先生前來拜訪班奈特先生，他早就耳聞班奈特先生幾位女兒的美貌，所以心想一睹，但他只見到了她們的父親；倒是小姐們早已從樓上的窗口把他瞧得一清二楚。

不久後班奈特家便盛情邀請賓利先生前來晚宴，班奈特太太打算趁此機會好好抓住他的胃。可是好巧不巧，他第二天非去倫敦不可，這番盛情美意他只能心領了。班奈特太太心想，他才剛來此地，怎麼就有事要離開呢？照理說，他應該在尼瑟菲德莊園定居下來了才對，難道他一向都是這樣到處飄泊？傳說賓利先生這次將帶來七男十二女為這次舞會共襄盛舉，小姐們一聽到這消息，不禁憂心起來。幸好在舞會的前一天，賓利先生並沒有真的帶來十二個女賓，只帶了六個，其中五個是他的親姐妹，一個是表姐妹。

賓利先生的姐妹們雖然個個氣質高雅，態度大方，但是他帶來的朋友達西卻立刻吸引了全場的目光，因為他魁梧俊挺，舉止高雅，進場不到五分鐘，大家便開始口耳相傳他年收入高達一萬英鎊。一整晚大家都用豔羨的眼光看著他，只是，漸漸發現他為人驕傲自大，只為他一人發光的場面才忽然黯淡下來。

賓利先生非常滿意這次的舞會，唯一的遺憾是太早散場，他說要在尼瑟菲德莊園再辦一次舞會。他的一言一行都給人好感，跟他的朋友比起來，簡直是天壤之別！達西先生沒跳幾支舞，大部分時間都在屋子裡踱來踱去，偶爾和自己人說說話，有人要介紹他跟小姐跳舞，他一概婉謝。對他最反感的是班奈特太太，因為他得罪了一個人。

由於男客人少，莉琪不得不偶爾當當壁花，而這位達西先生就站在她身邊。當賓利先生特地前來邀他這位朋友也下場去跳舞時，兩個人的談話不小心就被她偷聽到了。

「來吧，達西！」賓利說：「你非跳舞不可，我不想看到你一個人呆呆的站在這兒。」

「你知道我向來討厭跳舞，要跳就跟熟人跳。你姐妹現在都在跟別人跳，要是叫我跟不認識的人跳舞，還不如殺了我！」

「這麼挑剔，」賓利說，「這不是跟自己過不去嗎?你瞧，那邊幾位不是很漂亮嗎？」

「你當然會這麼說，在場唯一算得上漂亮的女孩正在跟你跳舞啊！」達西先生一面說，一面望著琴恩。

「可是她的妹妹就在你後面，她也不錯呀!怎麼樣，我請我的舞伴幫你倆介紹一下，如何？」

「你說的是哪一位？」他轉過身，看了一下莉琪，然後收回目光，淡淡的說：「她還可以啦，只是還沒有漂亮到足以打動我的程度。我想我沒必要去抬舉那些被人冷落的小姐。」

等到賓利先生走了，達西先生也走了，莉琪依舊坐在那裡。她對達西先生實在沒什麼好印象，不過她卻很想把這段不小心聽到的對話講給朋友聽。

這個晚上班奈特全家都過得很快樂。賓利先生連邀琴恩跳了兩次舞，班奈特太太看了好高興。琴恩跟她母親一樣得意，只不過沒有像她母親那麼喜形於色罷了。母女們高高興興的回到家時，班奈特先生還沒睡，因為他很想知道這場盛會的情形。他原本以為他太太一定會滿腹牢騷，但是他隨即發覺並非如此。

「今天晚上太有意思了，只可惜你沒去。你不知道琴恩多受歡迎啊，那個賓利先生對她驚豔不已，和她連跳了兩支舞呢！你想想，全場那麼多女孩，就只有琴恩一個人被他邀請了兩次。他第一支舞是邀魯卡斯小姐跳，不過，我想他對她沒半點意思，因為當琴恩出現在舞池時，他整個人就目瞪口呆了。只見他到處打聽她的姓名，請人介紹，然後邀她跳下一支舞。他第三支舞是跟珍凱小姐跳，然後是跟瑪麗亞小姐跳，然後又跟琴恩跳，第六支是跟莉琪跳……」

「天啊！」她的丈夫終於叫了出來，「夠了沒？但願他第一支舞就扭傷了腳！」

班奈特太太依然不停口的說：「這年輕人長得太帥了！我真是喜歡。他的姐妹也都很討人歡心，我從沒有看過這麼講究的衣飾，我敢說……」

她說的話又被岔斷了。班奈特先生不想聽人家談到衣飾，因此她只好另開話題，於是就扯到達西先生那目中無人的傲慢態度，她的措詞尖酸刻薄，近乎誇張。

「但是我可以告訴你，」她強調，「雖然他看不上莉琪，但莉琪也沒什麼損失，因為他本身就沒給人好感，那麼不可一世，還真以為自己很了不起似的，竟嫌人家長得不夠標致，不配跟他跳舞呢！要是你在現場的話，我想你一定會好好教訓他一頓的。」

鍾情

琴恩本來不想讚美賓利先生，可是當她和莉琪走在一起時，還是忍不住向妹妹吐露了心事。

「他這個人見多識廣，風趣又幽默。我從來沒見過像他這樣討人喜歡的紳士！」

莉琪回道：「嗯，他可以算是個完美的人了。」

「他第二次請我跳舞時，讓我驚喜了好久，我怎麼也想不到他會這麼看重我。」

「妳真沒想到？我倒是替妳想到了。他會請妳跳第二次舞，本來就是意料中的事，不是嗎？妳比起舞會裡的其他人都漂亮，他有眼睛的。一個人為了某種原因對妳獻殷勤，妳有必要這麼感激嗎？不過，他的確很迷人，我也不反對妳喜歡他。只是妳以前也喜歡過很多事後回想起來十分可笑的東西啊。」

「我的好妹妹！」

「妳總是動不動就對人家發生好感，從來就看不出那些人可能有的缺點，妳以為天底下都是好人，我就好像從沒聽妳說過誰的壞話。」

「是嗎？可是我一向都是想到什麼就說什麼的啊。」

「我知道，我覺得奇怪的也正是這一點。像妳這麼聰明，為什麼會敦厚到感覺不出別人的無知和乏味？我看，百分之百純真、沒有任何心機，只會承認別人的優點，誇獎人家的長處，卻絕口不提別人短處的——只有我的姐姐才做得到。能不能請問，妳是不是也喜歡賓利先生的一家人？」

「嗯，她們的確是比不上我的妹妹。不過，跟她們聊過天，就覺得她們也都是一些不錯的女孩。聽說賓利小姐也會搬來跟他一起住，好為他料理家務。」

莉琪沉默了，她的觀察力一向就比琴恩來得敏銳，脾氣也不像姐姐那麼好惹，所以她絕不會因為人家說了什麼就改變自己的觀點，更不可能對她們有多大好感。事實上，她們都滿好的，只是姿態都太高了。她們都長得很漂亮，在倫敦的一流學府受過教育，家財萬貫，結交的都是有身分的人，因此才造成她們今天這般眼高於頂，她們出身自北英格蘭的貴族，卻忘了這些財產都是做生意賺來的。

賓利先生曾經計畫在自己的故鄉購置田產，不過目前已有莊園任他使用，像他這種隨遇而安的人，恐怕下半輩子就會在這尼瑟菲德莊園悠悠度過了。

他和達西雖然性格不盡相同，友誼卻始終良好。達西之所以喜歡賓利，是因為賓利為人敦厚耿直，而且賓利也非常信賴他，對他的見解一向很推崇。談到腦筋方面，達西的確比較強——這並不是說賓利遲鈍，而是說達西比較聰明罷了。達西為人驕傲、自制、愛挑剔，雖然受過良好教育，可是卻不得人緣，而賓利就比他好多了，只見他無論走到哪兒，都會受到同樣的歡迎，而達西卻只會一直忙著得罪人。

從他們對舞會的觀感，就可一窺兩人性格上的差異。賓利說，他不曾遇過比這兒更和善的人們，更沒有遇過比這兒更漂亮的女孩。對他而言，這裡的每個人都是那麼和藹可親、不拘小節，沒多久他就和大部分的人相處得十分融洽了。說到琴恩，他甚至覺得在這個世界上不會有人比她更美麗了。而達西先生呢，嫌東嫌西的結果使他總覺得沒有一個人讓他感興趣，他承認琴恩是很不錯，但就是太愛笑了。

賓利的姐妹和達西持一致看法，可是她們仍然喜歡她，說她好可愛，她們並不反對跟這樣一位小姐繼續來往。賓利聽到這番讚美之詞，更覺得看上她是當然的事了。

傲慢

魯卡斯爵士家與班奈特家十分親密。爵士從前是做生意發跡的，自獲得爵士頭銜後，這個顯要的身分使他覺得自己與眾不同，從此他就厭惡做生意、厭惡住在小市鎮上，最後還帶著家人搬遷到距離梅里東大約一哩路的地方定居，並把那兒稱作魯卡斯莊園。

他自得其樂的住在那兒，頗以顯要自居，而且十分熱心於社交活動。儘管他對自己的地位洋洋得意，但對周遭任何一個人依舊十分周到，不得罪人，總是和藹親切、體貼有禮。

魯卡斯太太則是個很善良的女人，是班奈特太太少有的鄰居。魯卡斯家也有好幾個孩子，大女兒夏露蒂是個明理懂事的小姐，二十六歲，是莉琪的好朋友。

舞會後的第二天上午，夏露蒂到班奈特家。因為有太多關於這次舞會的話要談了。

班奈特太太一見到夏露蒂，就客套的說：「妳的開場舞跳得真好，妳一定會成為賓利先生的第一人選。」

「過獎，可是他已另有意中人了。」

「哦，妳是說琴恩吧，他們共跳了兩次舞，顯然他已經愛上她了，我不得不相信已經成真的這件事，因為我聽到了一些話……可是我也不確定……我聽到一些有關達西先生的話。」

「妳是指我偷聽到他和達西先生的談話吧。我不是說過了嗎？達西先生問他喜不喜歡我們梅里東的舞會？問他是否覺得在場的女孩很漂亮？誰最漂亮呢？而賓利先生也立刻回答了：『當然是班奈特家的大小姐最漂亮囉。』」

「這麼說來，一切都已成了定論囉，不過，誰知道呢。」

「我偷聽到的話比妳聽到的更有意思呢，莉琪。」夏露蒂說：「達西先生的話不中聽，不是嗎？可憐的莉琪！他只是認為她還可以而已！」

「拜託，他那麼討人厭，讓他看上了才倒楣呢。龍格太太告訴我，昨天晚上他坐在她身邊足足半個鐘頭，可是一句話也沒說。」

「媽，妳沒說錯吧？」琴恩說：「我可是有看到達西先生跟她說話哦。」

「那是後來她問他喜不喜歡尼瑟菲德莊園，他才勉強敷衍她一下罷了。可是據她形容，他好像十分不悅，似乎在怪她不該跟他說話似的。」

「賓利小姐告訴我，」琴恩說：「他一向話就不多，只有碰到很契合的人才會開口暢談。他對自己的朋友倒是非常和藹可親。」

「我才不相信呢，要是他真的那麼和藹可親，早就應該跟龍格太太說話了。他之所以沒跟龍格太太說話，大概是因為聽說她連馬車也沒，還是臨時雇了車子趕來參加舞會的吧。」

「我不在乎他有沒有跟龍格太太說話，」魯卡斯小姐說：「我只怪他當時沒有跟莉琪跳舞。」

「莉琪，假如我是妳，」她母親說：「我絕不會跟他跳舞。」

「媽，我也可以跟妳保證，我再也不會跟他跳舞了。」

「他雖然驕傲，」魯卡斯小姐說：「但勉強還可以讓人接受。這麼一個優秀的青年，家世背景好，加上富有多金，也難怪他會自以為了不起了。」

「沒錯！」莉琪回答道：「要是他沒有冒犯了我的驕傲，我倒是可以包容他的驕傲。」

「嗯，我確信驕傲是所有人的通病。」瑪麗說，她覺得自己的見解不凡，於是有了談話的興致，「人性如此，誰都免不了會因為自認擁有了某項特質而自命不凡。虛榮與驕傲完全是兩件事，一個人可以驕傲而不虛榮。驕傲多半是由於我們對自己的認知過分膨脹，虛榮則是我們期望別人對我們的看法。」

跟夏露蒂同來的一位魯卡斯小弟弟忽然說：「要是我也像他那麼有錢，我一定要養一群獵狗，而且還要每天喝一瓶酒。」

這場熱鬧有餘，觀點不一的對話就在客人告辭後結束。

傾心

儘管班奈特太太的舉止令人不耐，幾個小女兒也不值得一提，可是賓利小姐還是願意跟年紀較大的兩位班奈特小姐做朋友。琴恩非常快樂的接受了這分美意，但莉琪因為對方高傲的態度而無法接受她們。

她們之所以對琴恩還不錯，大概是因為賓利的關係吧。任誰都看得出來他對她有意思。莉琪也很明白琴恩亦對賓利先生一見鍾情，雖說琴恩感情豐富，幸好她外表仍一如平常，並沒有因此惹得周遭的人懷疑，而他們的心意也就沒被外人察覺了。莉琪曾經跟夏露蒂談過這一點。

夏露蒂說：「這件事想要瞞，也許是滿好玩的，不過夜長夢多，有時反而不好。一個女孩在心愛的人面前遮遮掩掩的不讓對方知道自己的心意，很可能就會喪失博得他歡心的機會。男女戀愛大都免不了要靠雙方禮尚往來和浪漫想像，若是單靠順其自然是很難成功的。我們會對某人發生好感原本就是很自然的事，但可惜的是，沒有對方的鼓勵而會自己一古腦兒放下感情的人實在太少了。大多數的女孩都是心裡有一分愛，卻能表現出九分的樣子。很顯然的，賓利喜歡妳大姐，可是妳大姐如果不想辦法暗示他一下，他也許只會在喜歡她的階段上打轉。」

「不過她已經夠盡力了。連我都看得出她對他有好感，如果他還看不出，那他也未免太遜了吧。」

「莉琪，妳要知道，他可不像妳那麼了解琴恩哦。」

「當一個女人愛上了一個男人，我想只要女方不故意隱瞞，男方一定會看得出來。」

「沒錯，要是雙方常見面，或許還看得出來。但他們卻從來沒有在一起超過幾個小時以上，何況他們見面時，旁邊總是有一些不相干的人，他們能盡情暢談嗎？所以琴恩應該特別注意，一有機會就千萬不要錯過。等到掌握了他，再怎麼慢慢談戀愛都來得及。」

莉琪回答道：「如果只求嫁一個富翁，妳這個辦法可稱得上是經典。我如果想要找個有錢丈夫，或許會照妳的方法去做。可惜琴恩向來不善於心計，而且她也不清楚自己究竟對他心儀到了什麼地步。他們認識還不到兩星期，在梅里東跟他跳了四次舞，在家裡跟他見過一次面，後來又跟他吃過四次飯，教她怎麼去了解他的另外一面呢？」

「話不能這樣說，如果她只是跟他吃吃飯，那她或許只能看出他的食量大或小；但他們可是在一起吃過了四頓飯耶，也就是說，在一起消磨了四個晚上呀！四個晚上的作用妳能小看嗎？」

「對的，這四個晚上讓他們了解到彼此有一個共同嗜好，那就是玩二十一點，至於其他，我看是沒有。」

「唔，」夏露蒂說：「我祝福她。如果他們明天就能走進教堂，我保證她所得到的幸福，比起她花一年時間研究出他的個性後再去跟他結婚所能得到的幸福，絕對少不到哪裡去。婚姻生活是好是壞，完全是機會問題。兩個人就算婚前已經了解對方，或者脾氣非常雷同，也無法保證他們就一定會幸福。所以，既然必須和這個人生活一輩子，就最好不要太清楚他的缺點。」

「妳這話真是高深，夏露蒂。不過他未必全然可靠，因為妳自己就不見得會這樣做。」

莉琪只知道談論賓利先生對她大姐的好感，卻怎麼也沒想到自己已經成了達西先生的意中人。原本在舞會上時他對她一點感覺也沒，第二次見面，他依然用高標準的眼光去看她。不過，儘管他在別人面前和自己心裡，把她評得一無是處，可是轉眼間，他發覺她的眼睛真是漂亮。但隨後他又用挑剔的眼光，覺得她的身材實在不怎勻稱，而他又不得不承認她曼妙輕盈，惹人愛憐。雖然他認為她少了一股上流社會淑女應有的儀態，可是她落落大方的幽默作風，又實在迷人。莉琪當然不知道這些，她只知道達西是個不受歡迎的男人，況且他曾嫌她不夠漂亮，不配跟他跳舞。

達西開始希望能跟她進一步交往，因此每當她跟別人談話時，他總是在一旁傾聽。有一次在魯卡斯爵士的宴會上他就這樣做，這種表現引起了她的注意。

莉琪對夏露蒂說：「妳看，他是什麼意思嘛，我跟別人談話，他在旁邊聽個什麼勁兒？」

「嗯……我想，只有達西先生自己才能回答了。」

「他再這樣，我就要讓他知道我可不是好惹的。他向來只會對別人板著臉，要是我不先給他點顏色瞧瞧，那不是讓他以為我怕他啦？」

沒多久，達西又來了，仍是一副不想跟她們談話的樣子，夏露蒂於是慫恿莉琪當面跟他把話講清楚。莉琪被她一激，立刻轉過臉來衝著他說：「達西先生，我剛剛跟佛斯特上校說，要他為我們在梅里東開一次舞會，你看我表現得還可以吧？」

「嗯，好極了，這種場合本來就能讓小姐們雀躍不已。」

「你這話太酸了吧？」

魯卡斯小姐說：「我去開琴蓋，莉琪，接下來該怎麼做，妳明白吧。」

「真虧了有妳這樣的朋友，動不動就要我彈琴唱歌！只不過，就算我很想表現一番，只怕客人們早已聽慣了高水準表演，我實在不好意思在他們面前獻醜。」話雖如此，仍抵不過魯卡斯小姐的懇求，她只好說：「好吧，那我就獻醜囉。」接著她又板著臉瞥了達西一眼。

她的演奏稱得上美妙動聽，大家甚至安可要她再來一次。她還沒來得及回答，她的妹妹瑪麗早就迫不及待地接替她坐到鋼琴前去了。原來她們幾個姐妹中，瑪麗一向自認長得不好看，因此痛下功夫，苦學才藝，抓到機會就急著想表現自己的才能。

雖然虛榮心促使瑪麗發奮用功，但同時也造成她恃才傲物，所以她再怎麼注重表面功夫也是於事無補。莉琪雖然琴彈得不如她，但大方自若，沒有絲毫做作的感覺，自然博得大家的喜愛。瑪麗奏完一支協奏曲，她的兩個妹妹要求她再奏兩曲蘇格蘭和愛爾蘭小調，她當然是欣然照辦了。

達西先生站在一旁看著她們這樣跳跳唱唱，整個晚上心情都很沉重，連魯卡斯爵士走到身邊，他都沒發覺。

「達西先生，年輕人真是愛跳舞啊！這可是上流社會最出色的一種才藝。」

「一點也沒錯，它在下層社會也很流行。有哪個野蠻人不會跳舞來著？」

爵士只是笑了笑沒說什麼。後來他看見賓利加入舞群中，就對達西說：「你朋友跳得很好嘛，相信閣下的舞藝亦當不凡，達西先生。」

「你是在梅里東看過我跳舞吧，先生？」

「沒錯，而且印象深刻，你常到王宮裡去跳舞嗎？」

「從來沒去過。」

「你連在王宮裡都不肯賞臉嗎？」

「任何地方都一樣，這種事我是能免則免。」

「你在倫敦一定有房子吧？」

達西先生不置可否。

「我曾一度想在倫敦住下來，因為我喜歡上流社會，只不過我不太奢望我的妻子能適應倫敦的空氣。」

爵士停了一會兒，希望對方能有所反應，可是對方根本就懶得說話。不久後，莉琪朝他們走來，他靈機一動，忽然對她叫道：「親愛的班奈特小姐，妳怎麼不跳舞呢？這樣吧，達西先生，讓我向你介紹這位小姐，有這樣的美人與你共舞，我想你總不會堅持不跳了吧。」他拉住莉琪的手往達西面前送，達西雖然暗吃一驚，但仍竊喜的接住她的玉手，怎料莉琪卻把手縮了回去，神色倉卒的對爵士說：「先生，我根本不想跳舞。你千萬別認為我是來這裡找舞伴的。」

達西先生於是很有禮貌的要求她賞個光，但只是白費心力，莉琪的決心屹立不搖，任憑爵士怎麼遊說都沒用。

「班奈特小姐，妳的舞跳得那麼好，卻不肯讓我們欣賞欣賞，這不是太可惜了嗎？況且，達西先生平常並不輕易與人共舞，難得他願意……」

莉琪笑著說：「達西先生未免也太賞臉了吧。」

「他是太客氣了，但妳總不至於嫌他太多禮吧。誰不想與妳這樣一個女孩共舞呢？」

莉琪只是帶著微笑瞥了一眼便轉身離開。她的拒絕並沒有使達西太難過，反而樂在其中的想著她。這時，賓利小姐走了過來。

「我知道你現在在想些什麼。」

「哦？」

「你正在想，每天都跟這些人在一起，真是無聊透了。我也頗有同感，又吵又沒意思，每個人都自以為是！你怎麼不說說他們呢？」

「妳猜錯了。我想的事情美妙得很呢！我正在思索一個漂亮女孩的美麗眼睛怎麼竟會給人如此無法言喻的快樂。」

賓利小姐旋即盯著他看，想知道究竟是哪位小姐讓他這樣魂不守舍。達西先生鼓起最大的勇氣說道：「莉琪・班奈特小姐。」

「莉琪・班奈特小姐？」賓利小姐重複了一遍，「是她？你看上她多久啦？我什麼時候能向你們道賀？」

「唉，女人的想像力一向不可思議，可以從吸引一下跳到愛情，然後又從愛情一下跳到結婚。」

「唔，像你這樣一本正經的人，這件事我猜是可以萬無一失的確定啦。你將會有一位好玩的岳母大人，她會時時刻刻在培姆巴里與你同在。」

她越說越得意，他卻像是沒有聽到。她見他那樣沒事一般，話也就更是滔滔不絕了。

大雨

班奈特先生的所有財產全在一宗不動產上，因為他沒有兒子，所以必須由一個遠親來繼承。

班奈特太太的父親曾經是梅里東當地的律師，留給她四千英鎊遺產，但對她先生的損失並沒有什麼幫助。

朗波因和梅里東相隔不遠，這對班奈特家的小姐們來說是再好不過了，她們每星期總要上那兒幾次，看看她們的姨媽，順便逛逛一家專賣女人帽子的商店。凱蒂和麗迪雅的心事少，每當無聊時，就會往梅里東跑，到了晚上就又有話題了。

她們從姨媽那兒打聽到最近來了一團民兵，讓她們興奮不已。這些民兵要在那兒駐紮一整個冬天，而梅里東就是司令部的所在地。

之後她們每次拜訪菲利普太太都會聽到許多好玩的事，同時也打聽到幾個軍官的名字，就連他們住在哪兒也都知道了。她們現在開口閉口都是那些軍官。以前，只要提到賓利先生的財產，班奈特太太就會喜上眉梢，現在跟軍官們比起來，偌大的財產也變得沒有價值了。

話說某天，班奈特先生聽到她們正興致高昂的談論這個話題時，不禁冷言相向說：「看看妳們這樣子，真是蠢得不能再蠢了。以前我還不相信，現在我不得不信了。」

凱蒂聽了，感到一陣心虛，可是並沒有出聲。麗迪雅則根本沒把爸爸的話當一回事，還是一個勁兒說著，說她多麼愛慕卡特上尉，希望能夠馬上跟他見面。

班奈特太太接著說：「奇怪了，你總是喜歡說自己的孩子蠢呀笨的。但我是什麼人的孩子都可以看不起，就是不會看不起自己的孩子。」

「這要看她們是不是真的蠢，因為我不能接受沒有自知之明的人。」

「對，沒錯，可是事實上，她們個個都聰明得很呀。」

「我希望我們能看法一致，可是我們這兩個小女兒真的是蠢到家了。」

「我的好先生，你不能指望她們都跟自己的爸媽一樣的想法呀。等到她們像我們這麼老時，大概也就不會再想到什麼軍官了。我記得從前有段時間我也很崇拜軍人，所以，要是有個年收入五、六千英鎊的年輕上校真心向我的任何一個女兒求婚，我想我是不會拒絕的。有一天晚上在魯卡斯爵士家裡，看見佛斯特上校一身戎裝，真是威風八面啊！」

這時，一個小男僕走進來，交給琴恩小姐一封信，是尼瑟菲德莊園送來的。班奈特太太的眼睛頓時一亮，琴恩讀信時，她焦急的叫道：「誰來的信？寫些什麼？趕快說來聽聽呀。」

「是賓利小姐寫的。」琴恩說。

親愛的琴恩：

要是妳不肯同情我，今天光臨寒舍跟露伊莎和我一塊兒吃晚餐，我和她就要結怨一輩子了。兩個女人成天在一塊兒，總會有翻臉的時候。希望妳接信後能即刻前來。我哥哥和他的朋友都要到軍官那兒去用餐。

妳永遠的朋友卡洛琳・賓利

「到軍官那兒去用餐?!」麗迪雅嚷道：「姨媽怎麼沒告訴我們？」

「到別人家去用餐，」班奈特太太說：「這是在幹嘛？」

「我可以坐車子去嗎？」琴恩問。

「不，我想，妳最好騎馬去，如果下雨，妳就可以在那兒過夜了。」

「嗯，好辦法。」莉琪說：「只要妳能肯定他們不會硬是要送她回來。」

「可是我還是想乘馬車去。」

「我敢說妳爸爸一定挪不出拖車子的馬來，我的好先生，你說是不是？」

「農莊上常常要用到馬，妳知道的。」

於是琴恩只得騎另一匹馬去。臨行前，班奈特太太說了許多預祝天氣會變壞的話。沒想到，琴恩離開不久，就真的下起大雨來了。所有的妹妹都替她擔心，只有她老人家出奇的高興。

「真虧了我的呼風喚雨！」班奈特太太喃喃自語道。不過，她的神機妙算究竟演變成什麼樣的結果，答案到第二天早上才揭曉。早餐還沒吃完，尼瑟菲德莊園就發來了一封信給莉琪。

親愛的莉琪：

今天早上我覺得很不舒服，可能是昨天淋了雨的關係。多虧這兒的朋友關心，叮嚀我要等到身體好一些再回去。他們找來瓊斯醫生替我看病，所以，要是你們知道他曾來這兒看過我，可別嚇一跳，我只是有點兒感冒罷了，一切都好。

琴恩

班奈特先生對他太太說：「妳看看，萬一妳的女兒因此得了大病，或是有個三長兩短，妳是不是足堪告慰了？因為她可是奉了妳的命去倒追賓利先生的。」

「哪有可能一點小感冒就送命。人家一定會把她服侍得好好的。只要她待在那兒，保證沒事。」

所有人當中，真正著急的是莉琪，她顧不得有沒有車，決定非去一趟不可。但是她不會騎馬，唯一之途就是步行。

班奈特太太叫道：「路上泥濘不堪，虧妳想得出來！等妳走到那裡，妳還能見人嗎？」

「我管不了那麼多了。」

「莉琪，」她父親說：「妳是要我替妳弄輛馬車嗎？」

「你們誤會了，我不怕走路，而且只是想去看看大姐怎麼了。」

瑪麗說道：「雖然是姐妹情深，但我覺得盡力也該有個限度。」

凱蒂和麗迪雅同聲說：「我們陪妳到梅里東。」莉琪點點頭。

「要是我們快點，」麗迪雅邊走邊說：「說不定還看得到卡特上尉。」

三姐妹到了梅里東便分手了，兩個妹妹到一個軍官太太的家裡去，莉琪則獨自前往尼瑟菲德莊園。她一個人穿過田野，跨過圍柵，跳過水窪，直到看見那棟屋子。此時她已雙腳乏力，疲累不堪。

她的出現立即引來全場人的驚奇眼光。休斯特太太和賓利小姐心想，她竟一個人從三哩路外趕到這兒來，真是太不可思議了。莉琪猜她們一定很瞧不起她，不過，她們倒是很客氣的接待她。達西先生話不多，休斯特先生則根本不說一句話。達西先生一方面欣賞著她那步行後的豔嫩臉色，另一面又思索她為了這點兒事情就從那麼遠的地方獨自趕來是不是值得。

她問起琴恩的病情，但沒有得到滿意的回答。據說琴恩晚上並沒有睡好，高燒不退，現在仍不能出房門。琴恩看到莉琪，非常高興，原來她不願讓家人擔心，所以在信裡並沒有明講她其實很盼望有個親人來看看她。她沒有力氣多說話，因此當賓利小姐走開，剩下她們姐妹倆獨處時，她只說她們待她很好，她很感激，除此之外，就沒有再說什麼。

早餐之後，賓利家的姐妹來陪伴她們。莉琪看她們對琴恩非常體貼關懷，不禁對她們產生了好感。醫生說她是重傷風，吩咐她們要勸琴恩多休息。大家立刻照辦，因為病人又開始發燒了。莉琪一步也沒離開她的房間，另外兩位小姐也是。

三點整時，莉琪覺得該走了，遂向主人告辭。不料琴恩捨不得讓她走，於是賓利小姐便請她在尼瑟菲德莊園多待一陣子。莉琪心裡充滿感激的答應了，隨後馬上派人回朗波因去，把詳細情形向家裡通知一聲，同時叫家裡替她送些衣服來。

鬥智

晚餐時，大家不約而同問起琴恩的病情，尤其是賓利先生問得特別詳細。這讓莉琪非常高興，只可惜琴恩的病情仍沒好轉，因此她無法給對方一個滿意的答案。賓利姐妹聽到這話，就一再的說她們有多擔憂和關心，可是表情卻不是這麼一回事。莉琪看她們在琴恩不在面前時就表現得這麼冷漠，本來就討厭她們的念頭便又浮現了。

沒錯，她們這家人只有賓利先生是真的為琴恩擔心，而且，他對莉琪也極為友好。除了他之外，別人都不大理睬她。

莉琪吃過晚餐，就回到琴恩那兒去，她才一走，賓利小姐就開始數落她的不是，說她既傲慢又不懂禮貌，而且外貌奇醜，她的姐姐休斯特太太也補充了幾句：「她除了很會走路外，還會什麼？看看她早上那副樣子，根本就像個瘋子。」

「對嘛！姐姐傷了點風，她幹嘛要那麼大驚小怪的跑遍整個村莊？弄得那麼邋遢?!」

「還有，妳沒看到她的衫裙上面足足濺了六吋厚的泥，就算她把外裙放下也遮不住。」

賓利先生說：「我倒覺得班奈特小姐今天早上走進屋裡時，表現出的神情風度滿不錯的。我並沒有看到她弄髒了的衫裙。」

「你看到了吧，達西先生，」賓利小姐說：「我想，你一定不願意看到自己的親人弄成那樣吧？」

「當然。」

「無緣無故走了那麼遠的路，而且是一個人！她在幹嘛呀？真是沒有家教！」

賓利先生說：「那正說明了她們姐妹情深。」

賓利小姐沒好氣的說：「達西先生，這樣的冒失行為，會不會影響到你對她那雙美麗眼睛的愛慕呢？」

「哦，不，因為跑了這趟路，她那雙眼睛反而更加明亮迷人了。」他說完這句話，現場稍微沉默了一會兒，然後休斯特太太又說話了：「我非常關心琴恩，因為她真的不錯，我誠心希望她能攀上這門親事。只可惜她有那樣的父母親，加上那些不入流的親戚，我怕她是沒什麼指望了。」

賓利先生沒有理睬這句話，他的姐妹於是更加肆無忌憚的拿班奈特小姐的親戚大開玩笑。不過當她們來到琴恩房間，態度馬上轉變，一直陪她坐到喝咖啡的時間。琴恩的病仍不見好轉，莉琪一直守到黃昏，看見她睡著了，才覺得自己應該下樓一趟。走進客廳，看見大家正在玩牌。他們客氣的邀她一起玩，但她婉謝了，推說只要有本書看看即可。

休斯特先生驚奇的看著她。

「妳不玩牌而只想看書？」他說：「真是少見。」

賓利小姐說：「莉琪才瞧不起玩牌這回事兒呢，她可是個了不起的讀書人啊。」

莉琪回道：「不管妳這是誇獎或是責備，我都不敢當，我並不是什麼了不起的讀書人。」

賓利先生說：「我想妳是很樂意照料琴恩的，但願她快點康復，那妳也就會快活些了。」

莉琪打從心裡感謝他。就在同時，他還親自到書房裡拿了一些書給她。

「要是我的藏書多一點就好了。」

莉琪其實已經很滿意了。

這時賓利小姐問達西：「達西小姐長高了吧？她將來會像我這麼高嗎？」

「我想會吧。她現在大概有莉琪那麼高了，恐怕還要高一些吧。」

「我真想見見她！從來沒見過像她這樣外貌好又懂禮貌，小小年紀就那麼多才多藝的女孩。」

賓利先生說：「我很好奇，這些女孩怎麼一個個都那麼有本事。」

「親愛的查爾斯，你這話是什麼意思呀？」

「妳看，她們每個人不是會裝飾桌巾，就是會編織錢袋。我還沒見過哪一位不是樣樣精通的。」

達西說：「雖然有許多女人只不過是會這些，就享有了多才多藝的美名，可是我卻不能同意你的說法。我不敢說大話，但我認識的女人很多，而真正多才多藝的實在少之又少。」

莉琪說：「那麼，一個多才多藝的婦女，應該具備很多條件囉？」

「沒錯。」

「噢，當然。」他的忠實助手賓利小姐叫了起來，「一個女人必須精通音樂、歌唱、繪畫、舞蹈、法文、德文，那才算名副其實。另外，她的儀態和表情，都必須風趣而得體，否則就不夠資格。」

達西接著說：「除了這些，還應該多讀些書，有點真才實學才行。」

「怪不得你認識的才女很少，我現在懷疑你連一個也不認識呢。」

「妳怎麼對妳們女人這麼沒信心，竟然認為她們不可能具備這些條件?!」

「因為我從來就沒有見過這樣的女人，有才幹，有情趣，又好學，而且還儀態優雅。」

休斯特太太和賓利小姐馬上叫了起來，她們反駁說她們就知道有很多女人都符合這些條件，直到休斯特先生叫她們好好打牌，她們才閉嘴，莉琪沒多久也離開了。

賓利小姐隨即說：「有些女人人為了自抬身價，往往在男人面前說別的女人的不是，莉琪就是這樣的人。這種手段或許有效，但我認為這是個很不入流的方法，一種卑鄙的手段。」

達西聽出她這幾句話是說他聽的，便連忙回答道：「女人為了勾引男人，有時會不擇手段，使用心機，反正都是卑鄙。任何帶有狡詐成分的做法，都應該受到輕蔑。」

賓利小姐不甚滿意他這個回答，因此也就沒有興致再談下去。

琴恩的病更加嚴重了，賓利先生心裡非常難過，他的姐妹們也表現得非常擔憂。吃過晚餐後，她們合唱了幾首歌來消除煩悶，而賓利先生因為想不出其他辦法來稍解焦慮，便只有叮嚀女管家好好照料班奈特姐妹了。

探病

莉琪請人送信回朗波因，要她媽媽來看看大姐。沒多久，班奈特太太便帶著最小的兩個妹妹來到尼瑟菲德莊園。

要是班奈特太太發現琴恩的病很嚴重，那她一定會很傷心，但是她一看到琴恩的病並沒什麼大不了，也就放心了。她不希望琴恩那麼快就復元，因為一旦復元，她就必須離開尼瑟菲德莊園了。班奈特太太陪琴恩坐了一會兒，賓利小姐隨即過來請她去吃早餐。賓利先生已在餐廳等著迎接她們，並希望班奈特太太不要太掛心。

班奈特太太說：「先生，她病得太重了，根本無法移動。只有請你們多照顧她幾天了。」

「移動？」賓利叫道：「絕對不會的。我相信我妹妹絕不會讓她走的。」

賓利小姐很有禮貌的說：「請放心，班奈特小姐在這兒，我們會像家人一樣照顧她。」

班奈特太太連聲道謝：「要不是有你們的照顧，我真不知道她會怎樣。好在她的耐性夠，又溫柔到了極點，我常常跟她的幾個妹妹說，她們比起她來實在差得太多了。賓利先生，你這棟房子很不錯呢，在這個村子裡，我還沒有見過哪個地方比得上尼瑟菲德莊園。雖然你的租期很短，但我希望你可不要急著搬走了。」

賓利先生說：「目前我暫時會在這兒住下。」

「哈，我猜得一點兒也沒錯。」莉琪說。

賓利馬上轉過身去對她說道：「是嗎？」

「是啊，我完全了解你。」

「但願妳這句話是在恭維我。不過，這麼容易就被人看透，那是不是很可憐呢……」

「那得視情況而定。一個深沉複雜的人，未必比你更難令人捉摸。」

她的母親連忙說道：「莉琪，別忘了妳是在人家家裡作客，別再鬧了。」

「我倒不知道妳對人類性格滿有研究的嘛。」賓利說。

「沒錯，這世上最有趣的就是研究複雜的性格。」

達西開口說：「一般而言，鄉下人可以作為研究的對象就很少。」

「可是一個人本身的變數很多，他們身上不斷會有新的東西值得去留意。」

班奈特太太剛才聽到達西以那樣的口氣提到鄉下，不禁動了肝火。「說得好，鄉下有趣的事情才不比城裡少呢。」

達西朝她望了一眼便靜靜的走開了，班奈特太太自以為占了上風，不禁得意的繼續說：「我覺得倫敦除了商店和公共場所外，根本和鄉下沒得比，不是嗎？賓利先生？」

他回答：「鄉下和城市各有各的好處，我這個人住在哪兒都一樣快樂。」

「那是因為你的脾氣好。可是那位先生……」她說到這裡，朝達西望了一眼。

「媽，妳弄錯了。」莉琪話才出口，她母親就臉紅了。「達西先生只不過是說，鄉下碰不到城裡那些各式各樣的人而已。」

「當然囉，若說這個村子裡還碰不到什麼人，我相信比這大一點的村莊也沒有幾個了。」要不是為了顧全莉琪的面子，賓利差點就要笑出來了。莉琪想找藉口轉移母親的話題，就問夏露蒂有沒有到朗波因。

「嗯，她昨天跟她父親一塊來。魯卡斯爵士真是個不錯的人，這就是我所謂的教養。那些沉默是金的人，他們的想法可就大錯特錯了。」

「夏露蒂在我們家吃飯嗎？」

「沒有，她硬是要回去。我想，大概她家裡在等她回去做飯吧。魯卡斯家裡的幾個女孩都還不錯，只可惜長得不漂亮！當然，我並不是說夏露蒂長得難看，畢竟她是我們的好朋友。」

「她是個滿可愛的女孩嘛。」賓利說。

「對呀，可是你不得不承認，她的長相真的不是很好看。魯卡斯太太也那麼說，她還羨慕我們琴恩長得漂亮呢！我並不是愛說自己的孩子怎麼樣，可是說實話，比琴恩長得好看的女孩實在不多見。她十五歲那年，我帶她到我倫敦的弟弟嘉弟納先生那兒，當時有位先生就愛上了她，我的弟妹還打賭那位先生一定會在臨走以前向她求婚。不過後來沒有，也許是認為她年紀還太小了吧。但他卻為琴恩寫了一些詩。」

「那位先生的戀曲就這樣結束了。」莉琪嘆氣的說：「唉，多少有情人都是這樣讓自己撐過來的。詩居然有這種功能——能夠趕走愛情，替代愛情，真不知道是誰發明的！」

「我卻認為，詩是愛情的食糧。」達西說。

「那必須愛情本身是優美、忠貞、健康的才行。不然，如果只是一點徵兆，那麼我相信，一首十四行詩就會把它活生生的斷送掉。」

達西只是笑笑，大家也都沉默了。這時候莉琪心裡有些著急，深怕她母親又要出洋相了。她想說點什麼，可是又不知該說什麼。過了一會兒，班奈特太太又向賓利先生道謝，這次琴恩好在有他照顧得這麼周到，同時莉琪也來麻煩他。賓利先生回答得非常懇切有禮，連帶使得他的妹妹也不得不說些體面的話，儘管她說話的態度不十分自然，可是班奈特太太已經很滿意了。

就在班奈特太太吩咐準備馬車時，只見麗迪雅跑上前來，大膽要求賓利先生兌現他剛到鄉下時的承諾──在尼瑟菲德莊園再開一次舞會。

麗迪雅是個發育良好的女孩，今年才十五歲，皮膚細嫩，笑口常開，是班奈特太太的掌上明珠，她生性好動，不知進退，加上她的姨父常常在家裡宴請一些軍官，那些軍官見她頗有幾分風情，難免對她產生好感，使得她在言行舉止上更加放肆了。因而她就理所當然覺得自己有資格向賓利先生提出開舞會的事，並唐突的提醒他曾許下的諾言，賓利先生對她這突如其來的要求，倒也回答得很得體。

「我向妳保證，我一定會實踐諾言。等妳大姐病好了，隨妳訂個日期吧。」

「好極了。等琴恩病好了以後再辦舞會，到那時候卡特上尉也許又會回到梅里東了。等你開過舞會以後，我非要他們也開一次不可。」

班奈特太太帶著兩個女兒走後，莉琪隨即回到琴恩身邊去，根本不想去理會賓利家的兩位小姐怎樣在背後批評她跟她的家人。不過，儘管賓利小姐怎麼拿她美麗的眼睛開玩笑，達西從頭到尾都不曾加入她們七嘴八舌的討論中。

寫信

這一天晚上，達西先生正在寫信回家，賓利小姐坐在他身旁看他寫信，要他代為問候他妹妹。休斯特先生和賓利先生在打撲克牌，休斯特太太則在一旁當觀眾。

莉琪一面做針線活，一面傾聽賓利小姐不停的對著達西先生說話，一下說他的字很漂亮，一下讚美他的信寫得整齊，可是達西先生卻愛理不理的，形成了一個很奇妙的場景。

「達西小姐收到信後，不知該有多高興啊！」

他沒有回答。

「你寫信速度這麼快，真是難得一見。」

「妳說錯了，我寫得很慢。」

「你一年要寫多少封信啊！再加上業務上來往的信，你一定煩透了！」

「好在這些信碰到的是我，而不是妳。」

「請告訴令妹，說我聽說她的豎琴大有進步，很替她高興。還有，她寄來給我點綴桌子的美麗小圖案，我好喜歡。」

「能否讓我把妳的喜歡，挪到下一次再寫？」

「噢，沒關係的。你能告訴我，你每次都是寫這麼讓人感動的長信給她嗎？」

「我的信一向都寫得很長，不過是不是每一封都動人，就不是我能回答的了。」

「我覺得一個人寫起信來能一揮而就，通常一定可以把信寫得很好。」

賓利先生嚷道：「這種恭維的話可不適用在達西身上哦，卡洛琳，因為他並不是那種一揮而就的人，達西，對不對？」

「我當然和你不同。」

賓利小姐反駁：「你不知道查爾斯寫起信來，既潦草又隨便，沒幾個人看得懂。」

「我想得比寫得快，常常意到筆未至，所以有時候收信人會不知我在寫什麼。」

「賓利先生，」莉琪說：「你這麼謙虛，教人家要說你幾句也不好意思了。」

達西說：「表面謙虛往往只是一種虛妄的作勢，有時甚至是一種間接迂迴的自誇，這常是最教人看不起的事了。」

「那麼，我剛剛那幾句話，你以為是信口開河呢，還是拐彎抹角呢？」

「算是兜圈子的一種自誇，因為你對自己的缺點覺得很得意，認為自己思想敏捷，所以懶得去注意文字的章法，而且你認為你在這些方面即使不算什麼，起碼也非常有趣。凡是做事速度太快的人，總是自以為了不起，不考慮做出來的成果是否完美。早上你還跟班奈特太太說，如果你決定要離開尼瑟菲德莊園，五分鐘內就可以搬走。這種話是在自我炫耀嗎？再說，欲速則不達，這有什麼值得讚美的呢？」

「算了吧，」賓利先生嚷道：「現在還提早上的事幹嘛。老實說，我並不認為自己有什麼不對，至少我不是故意要那樣表現而想在小姐面前炫耀自己。」

「可是我實在不相信你做事情會那麼武斷。你一定也跟普通人一樣，都是臨機應變吧。譬如你正要走時，忽然有個朋友跟你說：『賓利，你最好還是下星期再走吧。』你可能就會不走了，要是他再跟你說些什麼，你也許還會再多待一個月呢。」

莉琪叫道：「你這樣只不過更說明了賓利先生不是個頑固的人。」

賓利說道：「哈，他所說的話，被妳這麼一轉，反而變成稱讚我的話了。我只怕妳這一轉並非他的本意，因為，如果真遇到這種事，我會爽快的謝絕那位朋友，上馬揚鞭就走，那麼他才更看得起我。」

「難道達西先生認為，不管你原來的打算是多麼輕率衝動，一旦你打定主意就堅持到底，也是情有可原的囉？」

「我也說不上來，那得由達西來說明。」

「妳要把這些話說成是我的想法，我可不承認哦。不過，班奈特小姐，就算這些情形是真有其事，但妳別忘了，那個朋友雖然叫他回到屋子裡去，可是，那也只不過是那位朋友個人的希望，並沒有堅持他非那樣做不可。」

「說到輕信朋友的建議，你好像就不是這種人。」

「如果不問是非，照單全收，恐怕對兩個人來說都不能稱得上是恭維吧。」

「達西先生，我覺得你太否定友誼和感情對於一個人的影響力了。要知道，一個人如果尊重別人提出的請求，通常就會心甘情願的聽從，根本不需去說服什麼的。我並不是因為你說到賓利先生才這麼說。也許我們可以等到事情真正發生時，再來討論他是否處理得當。朋友與朋友相處，遇到一件無關緊要的事情時，一個已經打定主意，另一個要求他改變，如果被要求的人在對方尚未展開說服時，就自動聽從了對方的意見，你能說他有什麼不對嗎？」

「我們暫停討論這個問題，不妨先來研究那個朋友提出的要求究竟重要到什麼地步，他們兩個人的交情又好到什麼程度，如何？」

賓利大聲說道：「好極了，仔細講哦，最好連他們的身材也一起說。班奈特小姐，要是達西先生沒比我高，休想要我像這樣的尊敬他。達西一向都是個最討人厭的傢伙，尤其是星期天晚上在他家裡，他又無事可做時。」

達西先生笑了一下，莉琪本來也想笑，可是覺得他好像有點生氣，便忍住了笑。

達西說：「我懂你的意思，賓利，你不喜歡辯論。」

「也許吧。辯論很像爭論，如果你和班奈特小姐能稍微休息一下，等我離開房間後再繼續辯論，我會非常感激。」

莉琪說：「你這樣做，對我並沒有什麼損失，達西先生還是先去把信寫好吧。」

達西先生照辦了。

稍後，達西問賓利小姐和莉琪能否提供一些音樂來聽聽。賓利小姐立即走到鋼琴前客氣的請莉琪開場，莉琪卻更客氣的推辭了，賓利小姐這才在琴椅上坐下來。

休斯特太太替她妹妹伴唱，莉琪則在一旁翻閱鋼琴上的琴譜，達西先生的眼睛一直望著她。對莉琪來說，如果這位驕傲的人如此望著她是出於愛慕，她是怎麼也不會相信的；但如果是因為討厭她所以望著她，那就更不可能了。思忖之後的結論是，達西之所以注意她，是因為他認為她比任何人都來得刺眼。有了這個假設之後，她反而心情舒坦，因為她本來就不喜歡他，當然也不稀罕他的垂青了。

賓利小姐開始彈蘇格蘭的曲子來改變氣氛。達西先生走到莉琪跟前，問道：「班奈特小姐，我們可否來一支蘇格蘭舞？」

莉琪沒有回答，只是笑了笑。於是他又問了一次。

「噢！」她說：「我知道你希望我回答一聲『好的』，那你就可以得意了。只可惜我一向喜歡拆穿人家的詭計，作弄那些輕視我的人。所以我決定告訴你，我根本不愛跳蘇格蘭舞。這下子你可不敢小看我了吧。」

「當然不敢。」

莉琪本來打算讓他難堪一下，這會兒見他那麼體貼，反而愣住了。莉琪一向乖巧懂事，不隨便得罪人，而達西又對她非常對味，從來沒有任何一個女孩使他這麼著迷。他不禁想，如果不是她的親戚出身不好，那他接下來就危險了。

賓利小姐見此情形真是嫉妒到了極點，恨不得立刻把莉琪攆走，於是也就巴不得琴恩趕快好起來。為了挑撥達西討厭這位客人，她常常有意無意的對達西說，他跟莉琪將結成令人豔羨的姻緣，而且這個良緣必將帶給達西莫大的幸福。

第二天，賓利小姐和達西在樹林裡散步，賓利小姐說：「希望將來你能勸勸你那位岳母說話要端莊些。還有那幾位小姨子，最好把她們那種倒追軍人的毛病治好。另外還有一件事，我還真不知該怎麼說，尊夫人有個毛病，既像是驕傲自大，又像是不懂禮貌，你也該幫幫她一下。」

「關於幫助我的家庭方面，妳還有什麼高見嗎？」

「噢，記得別找人替尊夫人畫像，天底下有哪個畫家能傳神的畫出她那美麗的眼睛呢？」

「一點也沒錯，那雙眼睛的神韻的確不容易用筆描繪出。」

他們正談得起勁時，忽然看見休斯特太太和莉琪從另一頭走過來。

賓利小姐連忙招呼她們說：「我不知道妳們也想來散步。」她有些不安，擔心剛才的話被她們聽見了。

「你們太對不起我們了，」休斯特太太回答：「自己出來，也不告訴我們一聲。」

接著她挽住達西的另一隻手臂，丟下莉琪，這條路只容得下三個人並排走。達西先生於是說道：「我們還是到大路上去吧。」

莉琪本來就不想跟他們在一起，一聽他這麼說，就笑嘻嘻的說：「不用啦，你們三個人走在一起非常好看，加上第四個人，畫面就不協調了。再見！」

說完便得意洋洋的跑了。

爭辯

在男客還沒進來前，每個人看到病癒的琴恩都很和藹可親，簡直出乎莉琪的意料。她們描述起宴會來詳細而精采，說起故事也妙趣橫生，就連嘲笑朋友的話亦是聲色俱佳。

可是男客一進來後，琴恩就不怎麼令她們注目了。達西一進門，賓利小姐的眼睛立刻轉了方向。達西先向琴恩問好，祝福她玉體康復。休斯特先生也對她微微一鞠躬，但是他們都比不上賓利先生那幾聲情意懇切的問候。琴恩順從賓利的話，移到火爐的另一邊去，這樣她就可以離門口遠一些，以免受涼。他在她身旁坐下，專心的跟她說話，莉琪在對面角落做著針線，一切盡入眼底，心裡無限欣然。

喝過茶以後，休斯特先生無事可做，一個人躺在沙發上打瞌睡。達西拿起一本書，賓利小姐也拿起一本書。休斯特太太則聚精會神的玩弄自己的手鐲和戒指，偶爾在她弟弟跟琴恩的對話中插幾句話。

賓利小姐雖然在看書，注意力卻一直在達西身上。她總是沒有辦法逗他說話，書也就越讀越疲憊，不禁打了個呵欠。「這樣的晚上真是愉快啊！這世上，什麼消遣都比不上讀書來得有樂趣。將來有一天我自己有了家，要是沒有很好的書房，那將多遺憾啊。」

誰也沒有理睬她，於是她又打了個呵欠，這時她忽然聽見賓利先生跟班奈特小姐說要開舞會，便插嘴說：「查爾斯，我勸你最好還是先問一下在場朋友的意見再決定吧。他們不是有人覺得跳舞是受罪嗎？」

「你是指達西？」她的哥哥說：「他可以在舞會開始前就去睡覺，但舞會是非開不可了。」

賓利小姐說：「要是舞會能變換一下，譬如用談話來代替跳舞，那一定很有意思。」

「卡洛琳，那還像舞會嗎？」

賓利小姐不回答。不久，她站起身來，在房間裡走來走去，甚至故意在達西面前賣弄她優雅的身姿，但達西只顧著看書，徒令她枉費心機。失望之餘，她轉身對莉琪說：「坐那麼久，走動一下可以提振精神。」

莉琪一陣訝異，可是仍順從了她。賓利小姐的目的終於得逞，達西先生果然抬起頭來，兩位小姐請他一塊兒走走，可是他婉謝了，還說她們之所以要在屋子裡走來走去，只出於兩個動機。賓利小姐一頭霧水，問莉琪他是什麼意思。

莉琪回答道：「不懂，他八成是存心刁難我們。不要理他，讓他挫折一下。」

可惜賓利小姐不忍心讓達西先生失望，央求他把所謂的兩個動機解釋一下。

於是達西說：「是這樣的，妳們本是好朋友，所以選擇這個方式來打發時間，順便談談知心話，不然就是妳們自以為走起路來，體態顯得特別優雅，所以才想散步。如果是出於第一個動機，我跟妳們在一起就會打擾到妳們；如果是出於第二個動機，那麼，我坐在這裡就可以好好欣賞妳們了。」

「什麼！」賓利小姐叫了起來：「虧他講得出來，該罰！」

「那還不容易，」莉琪說：「譏笑他一下吧，你們這麼熟，更該知道怎麼對付他了。」

「天知道，想要嘲弄這種冷靜的人，可不簡單啊！我想我們是鬥不過他的。至於譏笑他，我們可不能憑空揑造，不然會惹人笑話的。就讓他一個人去得意吧。」

「原來達西是不能讓人譏笑的！」莉琪嚷道：「像這樣優秀的人，我希望不要再多幾個了，不然，我的損失可大啦，因為我最喜歡開玩笑。」

達西先生說：「要是一個人把開玩笑當作人生大事，那麼，最聰明最優秀的人——不，最聰明最優秀的行為——也會變得可笑了起來。」

「那當然。」莉琪回答道：「但我希望我不屬於那種人。我希望自己再怎樣也不至於去嘲笑聰明的行為或是良好的舉止，但愚蠢、乏味、荒謬和矛盾，會讓我忍不住感到好笑。我承認，如果可能，我一定會去嘲笑的。不過我覺得你並沒有這些缺點。」

「也許誰都不會有這些缺點，不然就糟了，再聰明也要被人嘲笑了。我這一生都在研究該怎麼避免這些缺點。」

「譬如虛榮和傲慢就是這一類的缺點。」

「對，虛榮是缺點。可是傲慢，只要是真的聰明過人——傲慢就會變得比較理所當然。」

莉琪轉過頭去，免得被人看見她在笑。

「妳檢討達西先生檢討完了吧。」賓利小姐說：「請問結論是什麼？」

「我承認達西先生沒有絲毫缺點，他自己也承認了。」

「不！」達西說：「我有太多的毛病，但這些毛病與我的腦袋毫無關係。至於我的個性，我在待人處世上不太能委曲求全的附和他人，因為別人的愚蠢和過錯，我老是不容易忘掉。而我的某些情緒，也不是說讓它過去就能過去的。我的脾氣是，對某人一旦沒有好感，往後就免談了。」

「這倒真是個大缺點！」莉琪拉高分貝，「不能息怒，的確是一個缺陷。可是你已夠嚴以律己了，我再也不會嘲笑你了，收心好啦！」

「我深信，不管一個人脾氣怎樣，都沒有辦法達到完美，這是天生的，即使受的教育再好也無法避免。」

「你對任何人都不存好感，這便是你的缺陷。」

「而妳的缺陷呢，」達西笑著回答說：「就是故意去誤解別人。」

賓利小姐眼看這場談話自己完全無法參與，不禁煩躁起來，就大聲說道：「我們來聽聽音樂吧，露伊莎，妳不怕我吵醒休斯特先生吧？」

她的姐姐根本沒有反對的意思，於是鋼琴打開了。達西想了一下，覺得這樣也好，因為他開始感覺到自己對莉琪似乎太親近了些。

挽留

班奈特姐妹想回家了。

可是，班奈特太太卻打算讓兩個女兒在尼瑟菲德莊園一直待到下星期二，好讓琴恩住滿一個星期，因此不太願意提前接她們回家。她在回女兒的信中說，如果賓利家挽留她們，她非常樂意讓她們繼續待下去。

可是莉琪就是不願再待下去，她不想讓人家以為她們想賴在尼瑟菲德莊園不走。於是她慫恿琴恩立刻去向賓利借輛馬車。

做主人的聽到這話，紛紛再三挽留她們，希望她們至少多待一天再走。琴恩被說服了，於是姐妹倆又停留了一天。但這可教賓利小姐後悔留她們了，因為她對莉琪的嫉妒和討厭與日俱增。

另一方面，達西卻覺得這樣不錯，因為他怎麼也沒想到自己會這麼快就對莉琪心動。他叮嚀自己要格外小心，千萬不能對她流露出任何一絲愛慕，免得她存有過分之想，以為從此掌握了他的終身幸福。

他知道昨天對她的態度一定起了不小的作用，讓她不是對他更有好感，就是更討厭他。他打定主意，星期六一整天都不跟她說話。於是他那天雖然有跟她單獨相處半小時的機會，他卻只盯著書看，對她視若無睹。

星期日晨禱以後，班奈特姐妹準備告辭返家，賓利小姐對莉琪突然變得禮貌起來，對琴恩也親熱異常。分手時，她先親切的擁抱了她一番，又跟莉琪握手道別。莉琪也快快樂樂的告別了大家。

到家以後，班奈特太太反而不怎麼熱絡。奇怪她們怎麼會提前回來，語氣中甚至帶著埋怨。倒是班奈特先生看到兩個女兒回來，雖然沒說什麼，心裡卻非常高興。他早就體認到這兩個大女兒對家裡的重要，因為晚上一家人聚在一起聊天時，要是琴恩和莉琪不在場，他就覺得了無興味，甚至可說毫無意義。

她們發覺瑪麗還是一如往昔，一意鑽研學問，同時也從凱蒂和麗迪雅那裡得知了一些消息，據說民兵團出了很多事，眾說紛紜。有幾個軍官最近跟姨父吃了飯，有一個士兵慘遭鞭笞，還有佛斯特上校就快要結婚了。

繼承

第二天吃早餐時，班奈特先生說：「我的好太太，今天的午餐能不能準備得豐盛一些？」

「有誰要來嗎？難不成是夏露蒂？我覺得用平常的食物招待她就夠了。她在家裡還吃不到這些呢。」

「我說的是個男的。」

班奈特太太眼睛一亮。「男的?!那一定是賓利先生囉。哦，琴恩，妳怎麼都沒透露半點風聲。嘿，賓利先生要來，真是太好啦。」

她的丈夫連忙說：「不是賓利先生要來。」

這下子大家都愣住了。他的太太和五個女兒緊迫盯人問他，讓他頗為得意。

「一個月前，我收到表姪寇林斯先生寄來的信。要知道，我死了以後，這位表姪隨時都可以把妳們攆出這棟屋子。」

「天啊！」他的太太叫了起來，「請你別提那個討厭的傢伙了吧。你的財產不能讓自己的孩子繼承，卻要由別人來繼承，這是多荒謬的事啊！」

「的確，」班奈特先生說：「但要是妳聽了他這封信裡所說的話，妳就會好過一些了。」

「不可能的。他會寫信給你就代表他很虛偽，我們怎麼會有這種虛偽的親戚呢？」

「讓我把信讀給你們聽聽吧。」

親愛的叔叔：

你與先父之間的芥蒂，使我不安至今。我常想著該如何彌補這個裂痕，但又怕是否有辱先人。然而，現在我已經打定主意，因為我在復活節那天接受了聖職。承蒙故路易士・德・包爾公爵的遺孀凱瑟琳・德・包爾夫人提拔我擔任該教區的教士，此後可以恭侍夫人身邊，奉行國教會所規定的一切儀節。以一個教士的身分來說，我覺得有責任盡我的能力，促使大家和睦敦親。因此，有關我繼承朗波因產權一事，你可從此放心，我很願意給諸位一切可能的補償，此事容後再談。如果你不反對我登門拜訪，我希望能在十一月十八日星期一前去。

威廉・寇林斯

十月十五日寫於肯特郡漢斯福特

「也就是說，今天這位好好先生就要來啦。」班奈特先生一邊把信摺好一邊說：「他倒是個很有良心、很有禮貌的青年。要是凱瑟琳夫人能夠讓他以後再到我們這兒來，那就更好啦。」

「他講到補償的那幾句話，倒還滿中聽的。」

琴恩說：「我們雖然猜不出他究竟有什麼企圖，但他的這番心意，也的確難得。」

莉琪聽他對凱瑟琳夫人那麼尊敬，而且那麼熱心的替自己教區裡的居民施行洗禮、主持婚喪禮儀，不禁覺得有些不可思議。

「是嗎？他的文字中似乎隱含著玄機，他說因為繼承了產權而感到不安，這話究竟是什麼意思？如果說這件事可以取消，誰又能保證他真的會取消？」莉琪說。

班奈特先生說：「從他信裡那種又謙卑又自大的語氣，就可以看出他的心意了。」

瑪麗說：「就文章而論，他的信好像沒有什麼毛病。」

對凱蒂和麗迪雅而言，無論那封信多好，或是寫信的人多好，都不比穿制服的軍人來得吸引她們。至於她們的母親，原來的一股怨氣已經被這一封信沖淡了不少。

寇林斯先生準時到達，班奈特先生沒說什麼，可是班奈特太太和小姐們卻有許多話題，而寇林斯先生也很健談。他是個二十五歲的青年，體型高大，略顯福態，儀態端莊，卻有些拘謹。他一坐下來就稱讚班奈特太太好福氣，生了這麼多女兒；百聞不如一見，才知道她們比傳說中的還要美麗；相信她們將來都會有美好的歸宿。這些奉承話，也許別人不喜歡聽，但是班奈特太太卻越聽越過癮。

「先生，希望真能如你所說，否則她們就不知該怎麼辦了……」

「妳是說財產的繼承問題吧。」

「唉，先生，你是知道的，這對我可憐的女兒來說真是太不幸了。我不是怪你，這都是命。」

「我知道這件事苦了表妹們，可是我可以向她們保證，我這次來，就是為了要向她們表示我的誠意。現在我也不打算多說，或許等我們處得更熟一些……」

由於午餐時間已到，他的話不得不暫時打住。小姐們彼此對望而笑。然而寇林斯先生所愛慕的才不是她們呢，他把屋子裡所有的家具全都詳細看了一遍並讚美有加。班奈特太太本來每聽他讚美一句，心裡就沾沾自喜一下，突然間她才想到，他是把這些東西都看成是自己未來的財產，心裡便又難過異常。

他問哪一位表妹燒的菜好吃，班奈特太太一聽，便不高興的跟他說，她們家裡現在還雇得起廚子，根本用不著女兒進廚房。他請她原諒剛才的問話，於是她也改用較柔軟的聲調說自己根本沒有怪他的意思，可是他卻一個人在那兒道歉了十幾分鐘。

奉承

吃飯的時候，班奈特先生非常沉默，等僕人走開後，他才開始跟客人談話。

他以凱瑟琳夫人做為開場白，說寇林斯先生能遇見她真是幸運，而這個話題果然讓寇林斯先生滔滔不絕的讚美起那位夫人來。他非常自負的說，這輩子沒見過這麼有身分地位、卻又能夠像她那樣品行美好且和藹可親的人。他何德何能，曾在她面前講過兩次道，並蒙夫人垂愛，對他的講道讚不絕口。承蒙她關愛體恤，還勸他及早結婚，只要他能夠慎選伴侶即可。

班奈特太太說：「我猜她一定是個雍容華貴的女人，不是一般貴夫人能比的。她就住在你的住處附近嗎？」

「寒舍跟夫人住的羅琴茲花園，僅隔了一條巷子。」

「你說她是個寡婦嗎？她還有其他家屬嗎？」

「她只有一個女兒。」

班奈特太太搖了搖頭說：「唉，真是好福氣，她是怎樣的一個小姐？長得漂亮嗎？」

「不錯，小姐的確長得很美麗，眉清目秀，一看就知道出身不凡。她原本可以更多才多藝的，只可惜身體不好，無法進修，不然她琴棋書畫一定是樣樣了得。」

「她去過皇宮嗎？我好像沒有聽過她的名字。」

「她的身體太單薄，無法到倫敦去。就如同我跟凱瑟琳夫人說的，這讓英國宮廷少了一件最美麗的裝飾。她聽了甚覺窩心，你們可以想像，不管身在何處，我都不會吝於說幾句令人開心的讚美詞，讓那些太太小姐們高興。我跟凱瑟琳夫人說過，她那美麗的小姐是一位天生的公爵夫人，將來不管嫁給哪一位公爵，那位公爵也許並不能為小姐帶來什麼，但是小姐一定能增添他的光采呢。哈，這些話讓她聽得滿意極了。」

班奈特先生說：「嗯，果然讓人另眼相看。我可否請教一下，你這種恭維的話，每次都是臨時想到的，還是早就想好了？」

「大多是靠臨場反應。不過有時候我也會先想好一些好聽話，只要一有機會就拿出來發揮一下，同時切記要說得像真的一樣。」

班奈特先生猜得沒錯，他這位表姪確實一如所料的荒謬。他雖然聽得有趣，但表面上仍力持鎮靜，除了偶爾看一下莉琪外，他並沒打算讓別人分享內心的這分快活。

到了喝茶時間，班奈特先生把客人帶至客廳，神情愉悅的邀請他朗誦點什麼給他的家人聽。寇林斯先生當然馬上就答應了，可是一看到她們拿來的書，他大吃一驚，連忙說他從來不讀小說，還請她們諒解。凱蒂瞪了他一眼，麗迪雅則失聲叫了出來。於是只好另外拿了幾本書來。他精挑細選，最後選了一本佛迪士的講道集，一本十八世紀灌輸婦女陳腐道德的書，麗迪雅當場愣住，等他正經的讀完三頁時，麗迪雅抓住機會打斷他：「媽媽，菲利普姨父是不是真的要解雇李查德？如果是真的，佛斯特上校一定會很樂意雇用他。我想明天到梅里東去，順便問他們，丹尼先生什麼時候會從倫敦回來。」

琴恩和莉琪都叫麗迪雅閉嘴，寇林斯先生則不悅的放下書本說：「年輕的小姐總是對這些書不感興趣，但這些書卻是為了她們好而存在的。不過，我也不願意太勉強年輕的表妹們就是了。」

說完便轉身要求班奈特先生跟他一起玩牌，班奈特先生一口答應了，班奈特太太和她的五個女兒則很有禮貌的跟他道歉，請他原諒麗迪雅。寇林斯先生請她們不要放在心上，說自己一點兒也不怪表妹。解釋過後，便跟班奈特先生移到另一張桌子玩牌去了。

尷尬

寇林斯先生雖然進過大學，但實際上只是住了幾個學期而已，並沒有真的學到什麼。他父親對他管教甚嚴，教育他為人要謙卑，但他原本就不成器，又習慣過得悠閒，自然就高傲自大了起來，何況年紀輕輕的就發了筆意外之財，當然更是目中無人，哪裡還談得上真正的謙卑。當時漢斯福特教區有個牧師空缺，他鴻運臨頭，獲得凱瑟琳夫人的提拔，他得知夫人地位崇高，便景仰有加，同時又自以為當上了教士就該擁有許多權力和好處，於是造成了虛妄自大和謙卑順從的兩面性格。

現在他有了房子，有了金子，就只差一個妻子了。他之所以要和班奈特家講和，還不是想在他們這兒找個太太。這就是他所謂的補償計畫，以便將來繼承她們父親的遺產時可以了無愧疚。他認為這是個頗具創意的好辦法，不但貼切得體又慷慨大方。

當他第一次見到琴恩那張美麗的臉蛋時，他就確定了目標，不過第二天情況有了變化，因為當他把自己的心願說出來時，只見班奈特太太特別親切的微笑著說：「如果是其他幾個小女兒，我樂觀其成。至於我的大女兒，我就不能不說了，琴恩即將要訂婚了。」

寇林斯先生只好放棄琴恩，目標急轉彎到莉琪身上，而且毫不拖泥帶水。因為莉琪無論是年齡、容貌，都和琴恩相差無幾，自然就成了第二個人選。

班奈特太太得到這個暗示，喜出望外，昨天還懶得提起他，現在則必須要重新看待了。

麗迪雅說要到梅里東去走走，幾個姐姐也都願意陪她一起去。班奈特先生為了圖個清靜，就慫恿寇林斯先生和她們一起去。原來寇林斯先生吃過早飯後，就跟著他到書房裡，不停的大談自己的房子和花園，弄得班奈特先生心煩不已。平常待在書房裡就是為了想一個人清靜，因此他請寇林斯先生陪他女兒一塊兒去走走。基本上，寇林斯先生根本不配做一個讀書人，所以他才會那麼高興的就闔上書本走了。

一路上，他對小姐們盡說些言不及義的話，到了梅里東，幾個年紀小的表妹便不再理他了。

不一會兒，這些小姐全被一位年輕人吸引了。她們從來沒見過的那個人，正風度翩翩的跟丹尼先生在對街散步。凱蒂和麗迪雅決定去打聽那個人是誰，於是藉口要到對面商店去買點東西。她們才走到人行道上，丹尼便招呼她們過去，並主動把他的朋友威肯先生介紹給大家認識。他說威肯是前一天跟他一起從倫敦回來的，已被任命為他們團裡的軍官了。

威肯這位青年的容貌舉止實在搶眼，身材魁梧，談吐又十分迷人。介紹過後，他就愉悅懇切的與小姐們攀談起來，流露出正派而有分寸的極佳風範。就在談得正投入時，一陣馬蹄聲響起，達西和賓利騎著馬過來。先開口的是賓利，他大部分都是對著琴恩說的，說自己正要去拜訪她。達西正想把眼睛從莉琪身上移開時，突然看到了那個陌生人，有那麼一剎那他們兩人同時面露驚色。過了一會兒，威肯先生行了個禮，達西先生亦勉強回了禮。這代表什麼呢？莉琪一下子無法明白，卻又忍不住想知道。

不久，賓利先生和威肯先生若無其事的向他們告別。

丹尼先生和威肯先生陪著幾位年輕的小姐走到菲利普家門口，行了個禮便告辭而去。

菲利普太太一向喜歡她的姪女，尤其大的那兩個，最近不常見面，所以顯得特別熱絡。琴恩把寇林斯先生介紹給她認識，她只好跟他客套一番；而寇林斯先生則加倍的應酬她，並且向她致歉，說是素昧平生，不該這麼冒昧打擾。

這種隆重的禮貌讓菲利普太太不禁有點受寵若驚。不過，正當她要仔細觀察這位稀客時，兩姐妹又把威肯先生的事情提了出來，菲利普太太所知道的是威肯先生是丹尼先生剛從倫敦帶來的，將要擔任中尉的職務，又說，她剛剛見他在街上整整走了一個小時。

如果威肯先生這時從這兒經過，凱蒂和麗迪雅一定還會繼續看著他，可惜現在除了幾位軍官之外，根本沒有人從窗口經過，而這些軍官們同威肯一比，個個都愚蠢討厭了起來。

有幾個軍官第二天要到菲利普家吃飯。菲利普太太說，如果她們一家人明天晚上能從朗波因趕來，那麼她就請她丈夫去約威肯先生。大家都表示贊成。菲利普太太說，明天晚餐之前要給她們來一次熱鬧又有趣的摸彩遊戲。一想到明天的這場聚會，大家的情緒都為之興奮，在離開的時候都很快樂。寇林斯先生出來的時候，再度不嫌累的一再道謝，主人也有樣學樣的回應。

回家的時候，莉琪一一細說剛剛威肯和達西兩位先生之間的情景給琴恩聽。如果他們兩人之間真的有什麼恩怨，照說琴恩一定會為他們其中一人辯護，或是為兩個人辯護，只可惜她跟莉琪一樣，對這兩個人的了解可說是少之又少。

誹謗

寇林斯先生和他的五個表妹乘著馬車，準時到了梅里東。一進大廳，就聽說威肯先生亦接受了她們姨父的邀請，小姐們個個都覺得好開心。

寇林斯先生悠閒的看了看四周的擺設，說自己好像進了凱瑟琳夫人在羅琴茲的避暑餐廳。寇林斯在講述凱瑟琳夫人和其住處的富麗豪華時，偶爾還會穿插幾句誇耀自己「寒舍」的話，說他的住宅正在裝潢改建。一旁的菲利普太太很注意他說的話，而且越聽就越覺得他實在不簡單，並決定一有機會就要把他的事說出去。至於小姐們，因為久等而有些不耐了，她們既沒興趣聽表兄閒扯，又沒事可做，好在無聊的時間終於熬過去了，男客人都來了。威肯先生一走進來，莉琪便深信自己怎麼樣都不會看走眼，因為威肯先生無論人品、相貌、風度、地位，都遠遠超過其他人。

威肯先生是當天鋒頭最健的男子，幾乎每個女人都渴望得到他的青睞，而他卻在莉琪的身旁坐了下來。雖然談的只是些當天晚上下雨和雨季即將來臨之類的話，可是他是那麼溫文儒雅，讓她覺得就算是最平凡、最空洞、最陳舊的話題，只要說話的人帶點技巧，還是一樣可以說得豐富動人的。

威肯先生被小姐們熱情的拉到另一張桌子去玩牌，坐在莉琪和麗迪雅之間。威肯先生一面跟大家玩，一面自在的跟莉琪談話，莉琪也想趁機了解一下他和達西先生彼此之間的關係，始料未及的是，威肯先生竟自己談到了那個問題。他問起尼瑟菲德莊園離梅里東多遠？然後，吞吞吐吐的問起達西先生已經在那兒待多久了。

「大概有一個月了。就我所知，他是一個大財主！」

「沒錯。」威肯回答道：「他的財產的確可觀——每年的淨收入高達一萬英鎊。說起這個，沒有人比我更清楚了。」

莉琪一臉詫異。

「班奈特小姐，妳昨天也看到我們見面時那副陌生人的模樣了吧？妳和達西先生熟嗎？」

「我但願跟他不要再更熟了。」莉琪微慍說：「我和他才相處了四天，就覺得他令人生厭。」

威肯說：「他的好壞我不予置評，我們認識太久了，很難做出客觀的判斷。我不可能做到完全大公無私，但我敢說，妳對他的評語已夠驚人了，也許妳到別的地方就不會說得這麼白了吧。這兒都是妳自己人呢。」

「得了吧，他那副傲慢的德行，誰看了都受不了。你不可能聽到有人會說他好話的。」

威肯說：「說句良心話，任何人都不應受到過分的抬舉。但他這個人，因為有錢有勢才會讓人認識不清，而他目中無物、盛氣凌人的樣子又嚇壞了別人，所以弄得周圍的人只有奉承他一途了。」

「我跟他雖然不熟，可是我覺得他一定是個脾氣很壞的人。」

「不知道他要在這裡住多久？」

「希望你不要因為他的關係而改變了原來的計畫。」

「我才不會被他趕走呢。雖然我們兩個人的交情不再，可是我沒必要躲他，我只是要讓大家知道他是如何虧待我。班奈特小姐，他那已經去世的父親是天下最善良的人，而眼前這位先生對待我的行徑真是糟到了極點，然而我相信，任何事我都可以原諒他，只是我無法容忍他辜負老達西先生的厚望。」

莉琪全神貫注的聽著，但由於這件事頗多蹊蹺，她也不便進一步追問。

「我本來不打算從軍，但被環境所逼，只好加入軍隊了。家裡本來要把我培養成一名牧師，如果我博得了剛剛談到的這位先生的歡心，說不定我現在已經有一分相當可觀的牧師收入了呢。」

「哦？」

「老達西先生的遺囑上寫著，一旦牧師職位有了空缺就給我，可是最後卻落到別人名下去了。」

莉琪叫道：「怎麼會有這種事情？你為什麼不申訴？」

「遺囑上的措辭很模糊，所以我未必能勝訴。通常一個愛面子的人不會去懷疑先人的意圖，可是達西先生偏偏認為遺囑上只是提到要有條件的提拔我，而他認為我浪費又荒唐，因此取消了我所有的權利。總之，不說也罷。我實在不知自己犯了什麼錯，或許是我心直口快，有時候在別人面前批評了他幾句，甚至還當面頂撞他，唉……」

「他很糟糕耶。」

「對，但我絕不會去為難他的，除非我對老達西先生忘恩負義。」

莉琪十分欽佩他的胸襟，甚至覺得他整個人因此顯得更英俊。

她又問說：「可是他究竟是何居心呢？」

「還不就是想和我結怨，也許是出於某種程度上的嫉妒，反正我相信就是因為他的父親太疼愛我了，他心眼小，不能容忍我比他強。」

「想不到達西先生竟是這樣的人。雖說我對他從來沒有什麼好感，但也還不至於……我原以為他只是自視甚高，怎知他卑鄙到這種地步，真是可惡！」

莉琪沉思了一會兒，「你是他父親所器重的人，他竟這樣排斥你！」她差點就要脫口說出：「他怎能這樣呢？光憑你這副長相就應該教人喜愛。」好在她畢竟還是改口說：「何況你從小就和他一起長大。」

「先父生前為了替老達西先生效命，把自己的事都擱了下來，全心全意的管理培姆巴里的財產。老達西先生把他當成心腹，因此在先父臨終時，他就答應要負擔我今後的一切開銷。」

莉琪叫道：「我不明白，這位達西先生怎能這樣虧待你！要是沒有別的理由，照理說，像他這麼驕傲的人，應該不屑於這樣陰險的。」

「的確，」威肯回答道：「他既然那麼傲慢，就應該是十分要求道德的。可是人總是常常自相矛盾，他對待我的方式分明就出於意氣用事。」

「這種可惡的傲慢，對他有什麼好處？」

「好處可多呢——花錢不小氣、待人慇懃、救濟貧苦。他會這樣，就是為了不辱家聲，不要失掉培姆巴里的好形象。他同時還具有身為哥哥的驕傲，加上一些手足之情，使他成了他妹妹心目中親切而周到的保護人。」

「達西小姐是個怎麼樣的女孩？」

威肯搖搖頭，「我但願能夠說她可愛，凡是達西家裡的人，我都不忍心說他們壞話。可是她的確太像她的哥哥了，除了傲慢還是傲慢。她小時候很討人喜愛，而且很喜歡我。她是個漂亮姑娘，大約十五歲……」

莉琪忍不住又扯到原來的話題上，「我真好奇，賓利先生的脾氣那麼好，怎麼會和這樣的人做朋友呢？你認識賓利先生嗎？」

「不認識。」

「他是個和藹可親、品行善良的人，他根本不會知道達西先生是這樣的人。」

「也許吧。不過達西先生要討好人的時候，自有他吸引人的方法。他雖然傲慢，可是跟有錢人在一起，就會顯得胸襟坦蕩、公正不阿、明理客觀，而且還會和和氣氣的，這都是看在人家有錢的分上……」

玩牌的人散了，寇林斯先生站在莉琪和菲利普太太之間，菲利普太太好心問他贏了沒有，他說全輸了。菲利普太太為他惋惜，他慎重的告訴她說，區區小事何足掛齒。

這話引起了威肯先生的注意，就低聲問莉琪，這位親戚是不是和德‧包爾家很熟？

莉琪回答道：「哦，凱瑟琳‧德‧包爾夫人最近給了他一個牧師職位。我真不敢相信。」

「我想妳一定知道凱瑟琳夫人和安妮‧達西夫人是姐妹吧？她正是達西先生的姨媽呢。」

「不知道，關於凱瑟琳夫人的親戚，我一點兒也不知道。」

「她的女兒將來會繼承一筆很大的財產，相信她的姨表兄將來會把兩分家產合併起來。」

這話讓莉琪笑了出來。要是達西已經有了心上人，那賓利小姐不是白忙了？

「寇林斯先生對凱瑟琳母女動不動就讚不絕口，讓我不得不懷疑他是不是說得有些誇大，他對她感激得像是盲目了。就算她是他的恩人，但她仍然是個狂妄自大的女人。」

「沒錯。」威肯回答道：「我有許多年沒看到她了，因為她一向很專橫。我總認為人家會說她能幹，只是因為她有錢有勢，加上她盛氣凌人，同時還有那麼一個了不起的姪兒，只有那些上流社會的人，才巴結得上他。」

威肯先生憑他的儒雅舉止，就足以博得在場每一個人的好感了。他的言談風趣迷人，一舉一動都令人眼睛一亮。莉琪臨走時，滿腦子裡只有他一個人。回家的路上她都在想他跟她說過的那些話。

落空

莉琪把威肯先生跟她說的那些話全告訴了琴恩。琴恩聽了，幾乎無法相信達西先生會如此不值得賓利先生倚重，可是，像威肯這樣一個俊男，她又沒理由懷疑他撒謊。一想到威肯可能真的被虧待，她的憐惜之心就油然而生。她只好認為他們兩位先生都是好人，把所有無法解釋的事都歸成是意外和誤會。

「會不會是哪一個有心人從中造謠生事呢?除非我們找到證據可以指名哪一方不對，否則我們就無從憑空猜想他們是為了什麼事而如此水火不容。」

「沒錯，親愛的琴恩，妳會替這個中間人說什麼呢？」

「妳愛怎麼取笑就怎麼取笑吧，莉琪，妳想一想，達西先生的父親生前如此疼愛這個人，如今達西先生卻這樣虧待他，是不是太不可思議了？一個人只要還有點起碼的良心，只要多多少少還尊重自己的話，就不可能這樣的。」

「我還是認為賓利先生交了損友，而不認為威肯先生昨晚跟我說的都是假的。他每件都說得有憑有據，如果不是這樣，那就讓達西先生自己來辯白吧。妳只要看看威肯那樣子，就知道他不可能說假話。」

「這的確教人不知道該怎麼想才好。」

的。

「說句話妳不要見怪，每個人都知道該怎麼想。」

琴恩在意的是，假如賓利先生果真受了蒙蔽，那麼，當真相大白時，他一定會萬分痛心的。

兩位小姐在小樹林裡談得正起勁，忽然家裡派人叫她們回去，因為有朋自遠方來──賓利先生跟他的姐妹特地親自前來邀請她們參加舞會。

班奈特太太認為這次尼瑟菲德莊園的舞會是專為她的大女兒辦的，而且由賓利先生親自登門邀約，更增加了她竊喜的程度。琴恩心想，到了那天晚上就可以和兩個好朋友促膝談心，又可以受到她們兄弟的慇懃招待；莉琪則得意的想到可以跟威肯先生痛快的跳舞，還可以從達西先生的神情舉止中把事情瞧出個端倪。

莉琪本來不大跟寇林斯先生說話，但現在也不禁問他是不是願意到賓利先生家作客。出乎莉琪的意料，寇林斯先生竟一口答應到賓利家作客，而且還敢跳舞呢。

「我不但不反對跳舞，而且希望當天晚上妳們都能賞臉。莉琪小姐，我就利用這次機會請妳陪我跳前兩場舞，我相信妳大姐不會怪我冷落她了吧，因為我這樣做是有理由的。」

莉琪覺得自己上了當，本來一心要跟威肯跳開頭幾場的，如今卻半路冒出個寇林斯先生，唉，威肯先生跟她的幸福只好耽擱了。她一想到寇林斯此番慇懃乃是別有企圖，心裡就有氣。她發現到他對她越來越慇懃，聽見他老是誇讚她聰明活潑。她的母親不久前也跟她說，他倆滿合適的，哈，這是什麼意思？莉琪只當作沒聽見這句話，因為她明白得很，只要跟母親頂嘴，少不了又要大吵一頓。寇林斯先生也許不會馬上求婚，那又何必現在就為了他而和母親鬧得不愉快呢？

自從尼瑟菲德莊園的主人邀請班奈特家的小姐參加舞會那天起，雨就一直下個不停，弄得幾個年紀小的女兒沒有到梅里東一次，也無法去探視姨媽、拜訪軍官和打聽消息，而莉琪也對這種天氣反感透了，就是這種天氣害得她和威肯先生的友誼一點也沒進展。

出醜

莉琪用心的打扮了一下自己，準備吸引威肯先生那顆尚未被征服的心，她相信在今天的晚會上，一定可以心想事成。但沒多久，她起了一連串可怕的疑心：難不成賓利先生邀請軍官的時候，為了討好達西先生，故意不邀請威肯嗎？

事實是威肯前一天有事到倫敦去了。

莉琪因此斷定威肯的缺席和達西不無關係，對達西也就更加反感，以致後來達西向她問好時，她實在沒什麼好臉色給他看，因為對達西和善就是對不起威肯。她很不悅的掉頭走開，甚至跟賓利先生說起話來也不帶勁，因為他對達西的盲目友情令她悲憤莫名。

莉琪把滿腹的怨氣向一星期沒有見面的夏露蒂傾訴，然後又把她表兄寇林斯先生的種種說給她聽。這時達西先生出乎意料的邀請她跳舞，她吃驚之餘，竟不由自主的答應了。達西跳完之後隨即離開，使得她氣不過的責怪自己為什麼這麼沒有主張。夏露蒂在一旁努力的安慰她。

「將來妳一定會發現他其實是個好人。」

「是嗎？才決定要去討厭一個人，怎麼可能又喜歡他呢？別咒我了。」

不久，達西又請她跳舞時，夏露蒂忍不住跟她面授機宜，提醒她別為了對威肯有好感，就得罪一位比威肯好十倍的人。莉琪不置可否便下了舞池，她想不到自己居然能跟達西先生面對面跳舞，身旁的人紛紛露出羨慕的目光。她想要一直沉默下去，但突發奇想：如果逼他不得不說幾句話，那不就算是懲罰他了？於是她就說了幾句關於跳舞方面的話。他回答了，接著又是一陣沉默。

「現在該你說話啦，達西先生。我談了跳舞，你就談談舞池有多大和有多少人在跳舞吧。」

他笑了笑，告訴她，她要他說什麼他就說什麼。

「嗯，待會兒我或許會談到家庭舞會比公開舞會來得好，但我們現在可以不必出聲。」

「妳是說跳舞時一定要聊上幾句嗎？」

「有時候吧。人嘛，連續半個鐘頭待在一起而悶不吭聲，那也太彆扭了。不過有些人就巴不得話越少越好，為這些人著想，還是少講些話吧。」

「照這樣說，妳是在為自己著想，還是為我著想？」

「都有，」莉琪圓滑的回答道：「因為我覺得我們的想法滿像的，都跟人家不大合得來，又懶得開口，除非是想說幾句一鳴驚人的話。」

「我覺得妳不見得就是這樣，而我是否就是這樣，我也不敢說。」

「我當然不能妄下斷語囉。」

他倆又沉默了，直到再次跳舞，他才問她是不是常和姐妹們到梅里東？她回答說是的，接著實在按捺不住就問他：「你那天碰到我們時，我們才剛認識一個新朋友呢。」

效果顯現了，陰霾籠罩了他的臉，他一句話也沒說。莉琪一下子也不知該接什麼，不過她心裡卻埋怨自己為何如此軟弱。後來還是達西勉強開口說：「威肯先生天生善於交際，至於他是否能和朋友長保良好關係，那就不得而知了。」

莉琪加強語氣說：「他真是不幸，竟然失去了您的友誼，而且還弄得那麼尷尬。」

就在這時，魯卡斯爵士向他們走近，一看到達西先生，就禮貌的鞠了躬，連聲稱讚他舞跳得好，舞伴又找得好。

達西隨即掉過頭來對莉琪說：「我們剛剛說到哪兒了？」

「我們根本就沒有談什麼，這屋子裡隨便兩個人都比我們說得多。我們已經換了兩、三個話題，總是話不投機，我實在想不出還可以談些什麼。」

「談談書怎樣？」他笑著說。

「書？噢，我們讀的書一定不同，怎會有得談呢？」

「假如真是那樣，也不見得就無從談起。我們彼此可以交換見解啊。」

「不——我沒辦法在跳舞時談書，我腦袋裡盡是些別的事。」

「妳在為眼前的場合煩心，是不是？」他帶著閃爍的眼光問。

「嗯。」她回答道。其實她並不知道自己在說些什麼，她已想到別的地方去了。「達西先生，我記得有一次你說，你向來都不會原諒別人。所以，我想，你決定結怨的時候應該是很慎重的吧？」

「當然。」他堅決的說。

「你不會受到偏見的左右嗎？」

「不可能的。」

「對那些堅持己見的人來說，在拿定主意時，是否尤其應該要慎重的考慮一下呢？」

「允許我請教妳，妳說這話有何特別的意思嗎？」

她極盡可能裝出若無其事的樣子說：「我只是想把你的個性弄清楚點罷了。」

「那妳弄清楚了沒？」

她搖頭。「沒有，大家對你的看法都不一樣，教我不知該相信誰的話才好。」

「我相信這些看法一定各有出入。班奈特小姐，我希望目前妳最好還是不要想分析我的個性，否則對妳對我都沒有好處。」

「可是以後就沒機會了。」

「收心，我絕不會讓妳意猶未盡的。」他們又跳了一支舞，然後就默默的分了手。兩個人為此都有點不快樂，但達西對她頗有好感，因此很快就原諒她了，把氣都轉到另一個人身上。

這時，賓利小姐走到莉琪跟前，輕蔑又客氣的對她說：「我聽說妳對威肯很有好感嘛！琴恩剛才問了我一大堆事情，我發現那個年輕人全是在胡說。讓我以朋友的立場勸妳一句，不要相信他的話。達西先生一直待他很好，只有威肯這種人會恩將仇報。我哥哥這次宴請軍官，是他自己知趣而避開了。莉琪小姐，真是對不起，我說了妳心上人不好聽的話。」

莉琪微怒的說：「老實說，我並不在意。」

「那就原諒我多管閒事吧。」賓利小姐隨即冷笑離開。

莉琪心想：「哼！以為這樣卑鄙的攻擊人家，我就會受影響嗎？」

她接著便去找姐姐，「妳有沒有聽到什麼有關威肯先生的事？」

琴恩回答道：「真可惜，我沒有什麼好消息可以告訴妳。賓利先生知道的並不多，至於他哪裡得罪了達西先生，賓利先生更是一無所知。倒是他還認為達西先生過去對威肯先生好過頭了呢。說來遺憾，從他和他妹妹的話看來，威肯先生絕不是一個正派的人，這也難怪達西先生不理他。」

「賓利先生自己不認識威肯先生嗎？」

「不認識，那天在梅里東是他們第一次見到面。」

莉琪激動的說：「賓利先生既然不清楚這件事的全貌，而且大部分是聽他朋友說的，所以，我還是沒辦法改變對他們原本的看法。」

一會兒，賓利先生走到她們這兒來，莉琪就退到夏露蒂身邊去。夏露蒂問她剛才的舞跳得是否愉快，她還沒來得及回答，就見寇林斯先生跑來，像發現新大陸一樣的興奮。「太意外了，誰會想到我竟會在這兒碰到凱瑟琳夫人的姪兒呢！謝天謝地，我還來得及去問候他。」

莉琪好心勸他不要那樣做，達西先生一定會認為他太唐突了。寇林斯先生卻很不以為然，只見他深深鞠了躬，就急急前去向達西先生致意了。

於是莉琪好整以暇的看著達西先生將會如何應對他這種冒失行為。她表兄恭敬的對達西鞠了個躬，然後話匣子打開，莉琪雖然一句也沒有聽到，但看到表兄在這種人面前出醜，心中真是懊惱。等到寇林斯先生嘰哩呱啦說完，達西才帶著嫌惡的表情敷衍了他幾句，隨即彎了彎身就走開了。

莉琪在舞會中漸感無趣，於是把注意力轉到她姐姐和賓利先生身上，想像將來他們恩愛彌篤，幸福無比的樣子。當大家坐下來吃飯的時候，母親一直在跟魯卡斯太太吹噓她多麼盼望琴恩馬上跟賓利先生結婚之類的話，莉琪聽得臉都氣得發白了。母親還說琴恩的親事既然這麼順利，那麼其他幾個小女兒當然也可能這麼幸運囉……她還祝福魯卡斯太太也能有同樣的運氣，其實分明是不可一世的斷定她沒有這個福分。

莉琪一直勸她小聲些，因為達西先生就坐在她們對面，可是她怎麼勸都沒用，她母親還嫌她多話，令她氣惱極了。她忍不住一再望向達西先生，越發證實了自己的疑慮，因為達西雖然沒有一直看她母親，卻目不轉睛的盯著莉琪。

晚飯後，瑪麗禁不起慫恿而自願上台獻唱。莉琪頻頻使眼色勸她不要這麼做，但這種出鋒頭的機會正是瑪麗求之不得的，於是莉琪非常痛苦的把眼睛盯在她身上。瑪麗不適合這種表演，因為她嗓音纖弱，態度又失真。莉琪在底下如坐針氈，她看了看琴恩，不知她是否受得了這場面，只見琴恩正和賓利先生談天。她又看見賓利小姐正在擠眉弄眼，但達西仍是一臉冷漠。最後她對父親望了一眼，父親明白了她的意思，就對瑪麗說：「孩子，留點機會給別的小姐表演吧。」

瑪麗雖然裝作沒聽見，但心裡多少一定有些不自在。莉琪為她感到難受，也為爸爸那番話難受，好在大家已經起鬨要別的人來唱歌了。

寇林斯先生說：「假使我會唱歌，我一定樂意為大家高歌一曲，但一個牧師有多少事要做呢？噢，數都數不完，尤其是遇到主人家的親戚時，更應表示敬意，否則就失禮了。」說到這，他向達西先生鞠了一躬。

此時，整個屋子裡有人呆了，有人笑了，但沒有一個人像班奈特先生聽得那樣入趣，他的太太卻頗認同的誇獎寇林斯先生的舉止真是令人激賞，她湊近魯卡斯太太說，他絕對是個優秀青年。

莉琪覺得她的家人們像是約好今天晚上一起到這兒來出醜，而且合作的空前起勁，獲得絕無僅有的成功。

寇林斯先生還是一直繞著莉琪打轉，他說對跳舞完全不感興趣，只想小心的伺候她，好博得她的歡心，無論她怎樣跟他解釋也沒用。幸虧夏露蒂常常來到他們這邊，好意的和寇林斯先生閒聊，不然她會頭痛得更厲害。

休斯特太太嚷著好累，顯然是在下逐客令了。儘管寇林斯先生恭維賓利家的宴席多麼多麼好，也沒能替現場增加任何生氣。達西一句話也沒說。班奈特先生同樣不作聲，站在一邊袖手旁觀。賓利先生和琴恩在屋子一角親密的交談。莉琪簡直不知該如何待下去，麗迪雅還大聲的打了一個呵欠。

後來他們終於起身告辭了，班奈特太太懇切的希望賓利先生能光臨朗波因，賓利先生欣喜異常，忙說他明天要到倫敦一趟，等他回來後一定去拜訪她。

班奈特太太高興極了，回家的路上都在打著如意算盤：不久，她就可以看到女兒在尼瑟菲德莊園找到歸宿，另一個女兒會嫁給寇林斯先生，對這門親事她雖然沒有那麼高興，但也相當愉悅了。

求婚

第二天，寇林斯先生正式提出求婚了。

他下星期六就要離開了，況且他也不覺得這有什麼不好意思的，於是，吃過早餐後，看到班奈特太太、莉琪和一位小妹妹在一起時，他就說：「班奈特太太，待會兒我想要請令嫒莉琪賞個臉，有些私人的話我想和她談，妳不反對吧？」

莉琪驚訝得脹紅了臉，還沒來得及有所反應，班奈特太太已經回答道：「當然可以。我相信莉琪也沒問題——來，凱蒂，我們上樓去。」她收拾起針線，就匆匆走開了。

「媽，我求妳別走。寇林斯先生要說的話，任何人都可以聽的。」

「妳懂什麼，莉琪，妳給我待在這兒不要動。」只見莉琪又惱又窘。

莉琪實在不便違抗母命，於是念頭一轉，這樣私下把事情做個了斷也好。

「不瞞妳說，妳的謙虛在在添增了妳的天生麗質，要是妳不這樣稍稍推拖一下，反而就不可愛了。幸得令堂的允許，我對妳的好應該表現得很明顯了，相信妳一定也心領神會了，或許最好趁我還按捺得住的時候，先讓我表白一下我向妳求婚的理由。」

想到寇林斯這種人也會控制不住感情，莉琪不禁難忍笑意。

「第一，我認為像我這樣生活寬裕的一個牧師，應當為全教區樹立一個婚姻的好典範；第二，我相信結婚會促進一個人的幸福；第三，我的女主人經常勸我要早點結婚。我的好表妹，凱瑟琳夫人對我的照顧，有一天妳會親眼看到的。我想，妳這樣聰明活潑，她一定會喜歡妳的。另外，我還要說明一下，將來令尊過世，必須由我繼承財產，因此我預備娶他的一個女兒做妻子，不然我會過意不去。恕我冒昧，妳不至於因此討厭我吧？說到嫁妝，我絕不會向妳們家提出什麼要求，因為我知道，他沒有這個能力。妳名下應得的財產，還得等妳母親過世後才歸妳所有。所以，關於這些問題，我會裝作不知道，婚後我也絕不會翻舊帳的……」

此刻不打斷他的話，更待何時。

「你太猴急了吧，先生，」她的嗓門大了起來，「別忘了，我根本還沒答應你呢。謝謝你的讚美，你的求婚使我感到榮耀，可惜我除了拒絕之外，別無他途。」

寇林斯先生揮了揮手說：「年輕的女孩總是這樣，就算心裡想，嘴巴上也得拒絕，有時甚至還會拒絕個兩、三次。所以，妳剛才的話我不會放在心上，希望不久後就能和妳走進教堂。」

莉琪嚷道：「老實說，如果世界上真有那麼奇怪的女生，會用自己的幸福去冒險，讓人家一遍又一遍要求，那一定不會是我。我的謝絕肯定是正經的。你不能給我幸福，我也絕不能給你什麼幸福，我相信凱瑟琳夫人一定也會這樣認為。」

「妳不用擔心，我一定會在她面前好好誇妳的。」

「寇林斯先生，不管你做什麼都是在浪費時間，只要你相信我剛剛所說的話，就算是給我面子了。我祝你心想事成。我會拒絕你的求婚，就是為了不讓你失去幸福。至於我家裡的事情，就不必再勞你覺得抱歉，將來你成為朗波因的主人，大可當之無愧。」

「我不會怪妳這麼說，女人對男人的求婚通常都會拒絕。妳的表現正符合女人家那種微妙害羞的天性，謝謝妳鼓勵我繼續追求下去。」

莉琪乍聽此話，不免錯愕，「寇林斯先生，你真是太莫名其妙了。我的話已經說得這麼白，要是你仍覺得這是在鼓勵你，那我就不知道該怎樣才能讓你死心了。」

「親愛的表妹，請容我說句不自量力的話，我相信妳之所以拒絕我，不過是做做樣子罷了。何以見得呢？因為我的財產、我的社會地位、我和凱瑟琳夫人以及和妳府上的親戚關係，都值得妳欣然接受才對。雖然妳有許多吸引人之處，但妳的財產太少，它把妳許多動人的條件都給抵消了。因此我不得不認為妳並非打心底拒絕我，而是模仿一般高貴女性的伎倆，欲擒故縱罷了。」

「我向你保證，我無意作弄一位這麼有社會地位的紳士，但願你相信我所說的句句屬實。蒙你抬愛，向我求婚，但要我接受，那是百分之百不可能的。」

寇林斯當場難堪不已，但又不得不裝出滿臉的風度說：「唉，妳始終都是這麼可愛！相信只要令尊、令堂出面，妳就不會再這樣拉不下臉了。」

他一再自欺欺人，莉琪也懶得理他。她心想，如果他一定要把她的拒絕看作是有意挑逗、甚至是鼓勵他，那她只好求助於父親了，請父親不假辭色的謝絕他。寇林斯總不會把她父親的拒絕也看成是一個高貴女性的裝模作樣了吧。

拒絕

莉琪匆忙的上樓，班奈特太太馬上走進餐廳，熱烈的恭喜寇林斯先生，說他們今後就能親上加親了。寇林斯先生也快樂的接受了她的祝賀，並把剛才跟莉琪的談話一字不漏的說給她聽，他說他有充分的理由相信，表妹的拒絕只不過是女性嬌羞的天性流露。

但班奈特太太聽後卻嚇了一跳。當然，要是她的女兒真是欲迎還拒，那就沒話說，但是她可不敢這麼想。「我馬上跟她談一談。她是個固執的傻丫頭，不知好歹，讓我去教訓教訓她。」

「抱歉，容我插個嘴。」寇林斯先生叫道：「如果她真是這樣，就不知道她是否還配做我的妻子了，因為像我這樣有地位的人，結婚當然是為了追求幸福。如果她真的不齒我的求婚，那還是不要勉強的好，不然，對我的幸福又有什麼好處呢？」

班奈特太太驚出一身冷汗。「噢，你誤會了，莉琪不過是彆扭了些，我馬上去找班奈特先生，這個問題很快就會解決了。」

她急忙跑到丈夫那兒去，一走進他的書房就嚷道：「我的好先生，你得勸勸莉琪跟寇林斯先生結婚啊，她竟然拒絕了他的求婚！假如你不趕快想想辦法，待會兒他就真的不要莉琪了。」

班奈特先生從書本上抬起眼睛，漠不關心的望著她的臉。「抱歉，妳在說什麼啊？」

「莉琪說不想和寇林斯先生結婚，寇林斯先生也開始說不想勉強了。」

「這我有什麼辦法呢？」

「你去找莉琪，告訴她，你非要她跟他結婚不可。」

「叫她下來吧，我來跟她說。」

莉琪就這樣被叫到書房裡來了。

班奈特先生一見到她就說：「過來，孩子，聽說寇林斯先生向妳求婚了，有這回事嗎？」莉琪回答真有其事。「很好。妳拒絕了嗎？」

「我拒絕了，爸爸。」

「很好，我們現在回到主題。妳媽非要妳答應嫁他不可。我的好太太，對不？」

「沒錯。」

「擺在妳面前的是個有點麻煩的難題，妳得靠自己了，莉琪。從今天起，妳不想和爸爸成為陌生人，就要和媽媽成為陌生人。也就是說，要是妳不嫁給寇林斯先生，妳媽就不想再見到妳；要是妳果真嫁給他，那我就再也不想見到妳了。」

莉琪一聽，不禁笑了出來。但是這可氣壞了班奈特太太。

「你是什麼意思嘛？你不是答應我，要讓她嫁給他的嗎？」

「我說好太太，請妳允許我自由運用自己的方式來處理這件事，好嗎？」

班奈特太太雖然碰了一鼻子灰，但仍試圖說服莉琪，莉琪倒也應付得宜，一下認真一下嘻笑，但她的決心卻始終如一。

另外一邊，寇林斯先生獨自回想剛才的情景，怎麼也不明白表妹何以會拒絕他。他對她的好感完全是想像出來的，他猜她母親一定會罵她，因此心裡也就平衡多了。她被罵是活該，大可不必為她過意不去。

此時，夏露蒂突然造訪。麗迪雅立刻湊近她說道：「妳知道今天發生了什麼事嗎？寇林斯先生向莉琪求婚，但被她一口回絕了。」

她們走進客廳，班奈特太太像看到救星一樣，不斷懇求夏露蒂幫忙勸勸她的莉琪。恰巧琴恩和莉琪走進來，班奈特太太於是說：「妳看她一臉不在乎的樣子，好像我們是死對頭似的——莉琪小姐，我老實告訴妳，照妳這樣死腦筋，一輩子都別想嫁出去。從今天起，我跟妳一刀兩斷，我說到做到。」

她嘮叨個不停，沒有人打斷她的話。最後，寇林斯先生進來了，臉上的表情比平常嚴肅得多。她一見到他，就對女兒說道：「現在我要妳們統統安靜，讓我跟寇林斯先生談一會兒。」

莉琪走出去了，琴恩和凱蒂也跟著出去，只有麗迪雅站在那兒不動，夏露蒂也沒有走，為了滿足自己的好奇心，她走到窗口，打算偷聽他們的談話。

「唉，寇林斯先生。」

「親愛的班奈特太太，」寇林斯先生說：「我們不要再提起這件事了。」說到這裡，他流露出非常不悅的口氣。「我相信一切都是命。就算我那位美麗的表妹答應了求婚，誰又能保證這是真正的幸福?我這樣收回對令嫒的求婚，希望妳別以為這是對妳和班奈特先生的不敬，這一切也許很遺憾，但每個人一生中難免有陰錯陽差的時候。我對這件事始終是真心誠意的，假使我的態度有什麼不妥，就讓我再道個歉吧。」

不安

風暴似乎暫歇了，瀰漫在空氣中的只剩下一些必然存在的不愉快，以及班奈特太太時時發出的埋怨聲。至於寇林斯先生，他並沒有太過沮喪，只是板著臉，默默不語。他幾乎不跟莉琪說話，熱情都移轉到夏露蒂身上去了。

班奈特太太第二天還是處於低氣壓狀態，寇林斯先生也好不到哪兒去。莉琪原以為他會憤而提早離開，誰知講好要到星期六才走，就真決定硬要待到星期六才肯動身。

用過早餐，小姐們上梅里東去了。一到鎮上就遇見了威肯先生，於是他陪著小姐們去她們姨媽家。他主動向莉琪解釋，那次舞會是他自己故意缺席的。

「我想，還是不要碰見達西先生的好，免得同在一間屋子裡弄得大家都不開心。」

莉琪非常欣賞他的雅量。回程路上他對莉琪照顧有加，而他之所以要送她們，一來可以讓她繼續高興，二來可以利用這個機會認識她的雙親。

回到家裡，琴恩就接到一封從尼瑟菲德莊園寄來的信，莉琪看到姐姐讀信時變了臉色。威肯和他的朋友一走，琴恩就示意莉琪跟她上樓。一到了她們自己房裡，琴恩就拿出信來。「這是卡洛琳‧賓利寫來的，她們一行人已經到倫敦去了，再也不回來了。」

最親愛的朋友，在哈德福郡，除了妳給我的友誼外，我真是別無所戀。希望將來有一天我們仍能像過去那樣自在的來往，並且能經常通信，無話不說，以敘情誼。

莉琪對這些客套話只是姑且聽之，因為她並不覺得有什麼好傷心的。她相信只要琴恩跟賓利先生有心，就沒什麼好擔憂的了。

莉琪安慰道：「真可惜，妳沒有來得及去看他們。可是，賓利小姐既然認為將來還有重聚的可能，試想將來若成了親戚，不是比做朋友更有意思嗎？賓利先生不會在倫敦待太久的。」

我們相信，查爾斯這次到了倫敦，不可能馬上就走，所以我們決定一起去，免得他一個人孤孤單單住在旅館裡受罪。我誠摯希望妳在哈德福郡同樣能夠愉快的度過聖誕節。希望妳有很多體貼的男朋友，不然我們一走，妳就要若有所失了。

「她的意思就是說，」琴恩補充道：「他今年冬天不會回來了。」

「這只是賓利小姐不要他回來罷了。」

「不，一定是他自己的意思。」

達西先生急著要去看他妹妹。我認為達西小姐無論外在、內在各方面，真的沒話說。露伊莎和我都期望她以後能成為我們的嫂嫂，我相信妳也是這樣想的吧?我哥哥顯然已經愛上她了，他現在隨時都可以去看她，雙方的家族都盼望能早點辦喜事。既然大家都不反對這件事，我最親愛的琴恩，我也希望它能趕快實現。

「妳感覺出什麼了沒?親愛的莉琪。」琴恩讀完了信後說：「她這不是表明了她們不希望我做她們的嫂子嗎?而且不也說明了，假如我對他真有好感，是不是要自己看著辦了?這些話還會有別的意思嗎?」

「當然有。起碼我的解釋就和妳的解釋完全不一樣。」

「是嗎?」

「這只要想一下就可以釐清了。卡洛琳看出她哥哥對妳有意思，可是她卻希望他和達西小姐配成一對。她跟他去倫敦，就是為了要把他困在那兒，同時想辦法讓妳知難而退。」

琴恩不相信。

「琴恩，你應該接受我的看法。任何看過你們在一起的人，都不會懷疑他的用心。我相信賓利小姐自己也明白，她又不是白癡。要是她看到達西先生對她的好有你們一半的話，她早就歡天喜地準備辦嫁妝了。但問題是她們認為我們沒錢沒勢。她之所以急於把達西小姐配給她哥哥，其實另一個打算，就是要親上加親。這件事當然頗費周章，要不是有個包爾小姐卡在中間，事情一定就會照劇本演了。所以琴恩，妳千萬不要因為賓利小姐告訴妳，她哥哥已經愛上別人，妳就以為賓利先生變心了，更不要以為她真有本領教她哥哥不再愛妳。」

「假使我們對賓利小姐的看法是一樣的，那還好。」琴恩回答道：「但我知道，卡洛琳不會無緣無故騙人。我只能希望是她自己想錯了。」

「也好。我的想法既然不能安慰妳，那妳就相信是她自己想錯了吧。」

「可是，親愛的妹妹，就算一切順利，將來我嫁給了這個人，而他周遭的親戚卻都希望他跟別人結婚，這樣我會幸福嗎？」

「那就看妳自己了。」莉琪說：「如果妳考慮清楚之後，認為得罪他的姐妹所招致的痛苦，比起做他的妻子所獲得的幸福還要沉重，那麼，我勸妳還是算了。」

「妳怎麼說這種話呢？」琴恩微微一笑，「妳要知道，沒有人可以改變我的。」

「我並沒有說妳會猶豫。既然如此，我就可以不必再為妳操心了。」

「如果他今年冬天不回來，我就用不著朝思暮盼了。六個月不知會有多少變化啊。」

他不會回來的想法令莉琪很不以為然，她覺得那不過是賓利小姐一廂情願的想法。她把自己對這個問題的看法，一一說給姐姐聽，好在琴恩本來就很樂觀，她認為賓利先生一定會再回到尼瑟菲德莊園，儘管有時候她還是懷疑多於希望。

最後兩人一致主張，這件事在母親面前少說為妙，只要通知她這家人已經離開這就好了。可是班奈特太太聽到這個消息竟喪氣的哭了起來，一直埋怨自己的運氣太壞了。

驚奇

這一天班奈特全家受邀至魯卡斯家吃飯。莉琪趁這機會向夏露蒂道謝，感謝她整天陪著寇林斯先生，可是夏露蒂的好意，卻不是莉琪所能料想得到的。原來夏露蒂是有意吸引寇林斯先生跟她談話，免得他一直在莉琪身邊留連徘徊。到了晚上大家分手時，夏露蒂幾乎十拿九穩的感覺到，要不是寇林斯先生即將離開哈德福郡的話，他就是她的了。

但她也未免太不了解寇林斯那說做就做的冒進性格了。第二天一大早，寇林斯就想辦法溜出了朗波因，趕到魯卡斯莊園向她求愛了。他還怕被表妹碰到呢。雖說他也覺得夏露蒂對他頗有情意，覺得這事勝券在握，可是自從那次受挫以來，他已不敢再魯莽從事了。倒是人家很親切的接待了他。魯卡斯小姐從樓上窗口看見他走來，連忙到小路上去迎接他，還授出一副不期而遇的樣子。只是她怎麼也沒想到，寇林斯這一次竟是來勢洶洶要給她帶來空前的濃情烈愛。

他們兩人很快就全部講妥了，雙方都很滿意。他慎重其事的要求她擇定良辰吉日，雖說這種請求大可暫時不理，但是魯卡斯小姐可不想拿自己的幸福當兒戲。而她之所以答應他，可說完全是著眼於他的財產，至於那筆財產何時才可到手，倒不是頂重要的了。

魯卡斯夫婦也爽快的答應了。他們本來就沒有什麼嫁妝好給女兒，何況這下還有得賺呢。魯卡斯太太則帶著從未想過的興趣，開始估算班奈特先生還有多少年可以活。總之，這件大事使全家人都處於亢奮狀態，只有夏露蒂本人出奇的鎮定。她也曾考慮過，寇林斯先生固然不討人喜愛，他對她的愛一定也是空中樓閣，不過她還是選擇了他。雖然她對於婚姻的要求不會很高，可是結婚終究是她一生的目標。許多家境不好而又受過教育洗禮的女子，總會把結婚當作最後依靠的退路，雖然結婚並不代表一定會帶來幸福，但畢竟是提供了一張長期飯票，使日後不至於會挨餓受凍。

莉琪一定會對這門親事感到意外，而夏露蒂又一向重視莉視，莉琪說不定還會埋怨她呢。雖說夏露蒂意志堅定，但若別人真要責難起來，還是會令她難受。於是她決定親自告知莉琪這件事，並囑咐寇林斯先生回朗波因吃飯時，不要在班奈特家人面前透露半點風聲。說實在，要他這種人克制不說，還真是有點難為他了。

當天晚上寇林斯先生提前向大家道別，班奈特太太誠懇的要他以後再來朗波因玩。他回答道：「承蒙邀約，不勝感激，妳放心，我一有機會就會再來。」

大家都吃了一驚，特別是班奈特先生，他壓根不希望他再出現，於是說道：「但是你不怕得罪凱瑟琳夫人嗎？你最好把我們的親戚關係看淡些，少冒那麼大的風險。」

「你的好心，感激不盡。但請放心，你馬上就會收到我的謝函，感謝在哈德福郡的這些日子受到你們全心的照料。還有各位表妹，我祝她們健康幸福，包括莉琪。」

大家聽到他竟打算很快就再回來，個個驚訝不已。班奈特太太還以為他是打算向她的哪一個小女兒求婚呢，也許她能勸勸瑪麗，他思想方面的堅定很令瑪麗傾心。不幸到了第二天早上，這個夢想就破滅了。

魯卡斯小姐一早就來拜訪，私下對莉琪把前一天的事全盤說出。在這之前，莉琪曾想過，寇林斯先生可能只是一廂情願，自以為愛上了她的朋友。可是，要說夏露蒂會挑逗他，那就像她自己不可能挑逗他一樣。因此，當她親耳聽到這件事，也不禁大叫出聲：「和寇林斯先生訂婚?! 親愛的夏露蒂，有沒有搞錯?!」

魯卡斯小姐聽見這句近乎責備的口吻，從容的臉色亦隨之變化，好在這本是她意料中的事，所以立刻就恢復了常態說：「有那麼嚴重嗎？寇林斯先生雖沒有得到妳的好感，難道就不能得到別的女人的賞識嗎？」

莉琪這才鎮靜下來，並用一種肯定的語氣祝福他們百年好合，永遠幸福。

「我知道妳在想什麼，妳一定覺得很奇怪，因為不久前，寇林斯先生才向妳求婚，但轉眼就……可是，只要妳仔細想想，妳就會認同我的做法了。妳知道我不是個浪漫的人，我只希望有一個舒服安穩的家。寇林斯先生的背景和身分，讓我覺得他能給我的幸福，應該不下於一般人結婚時所能擁有的幸福。」

莉琪心平氣和的說：「當然。」

接下來的時光有些尷尬。不久，夏露蒂就走了。

莉琪獨自思索了整個過程。這樣的結合，令她想來就難過。寇林斯先生三天內向不同的對象求了兩次婚，本來就夠震古爍今了，現在竟有人真的答應他，那就更是空前絕後了。她一向知道，夏露蒂的人生觀跟她並不是很一致，但仍然不敢確信，她竟然會選擇放棄自我堅持的品味，而屈就這般世俗的幸福，她不僅為夏露蒂的自貶身價感到難過，她還十分傷感的斷定，夏露蒂這樣做，不可能如她所願得到幸福的。

牢騷

莉琪一直不能決定是否要告訴大家這件讓人跌破眼鏡的消息。就在這時，魯卡斯爵士來了。他是特地前來班奈特家宣布他女兒訂婚的消息。他還謙虛說兩家今後能結為親家，真是萬分榮幸。班奈特家的人聽了之後都露出根本不相信有這種事的表情，班奈特太太甚至一口咬定是他弄錯了，麗迪雅更率直叫道：「你在說什麼啊？你不知道寇林斯先生要娶莉琪嗎？」

好在爵士頗有修養，沒把他們的反應當作一回事。莉琪覺得有責任化解這個僵局，於是挺身而出，證明他句句屬實，因為她已經和夏露蒂本人談過了。為了不讓全家人再這樣大驚小怪，她誠懇的向爵士道賀。琴恩也馬上接腔，說這門婚事真是才子佳人，曠世絕配。

等爵士一走，班奈特太太的牢騷立刻爆發開來。她斷定是寇林斯先生上了當，她甚至希望這門親事告吹。從這件事，她得出兩個結論：一、這場笑話全是莉琪一手造成的；二、她何苦要這樣受大家的玩弄。直到晚上，她的氣仍沒消，一見到莉琪就罵，罵了一個星期。她同魯卡斯夫婦說起話來也是沒什麼好臉色，至於對夏露蒂，則更不在話下。

對班奈特先生而言，這次所經歷的，倒是使他愉快極了。他本以為夏露蒂是個懂事的孩子，怎知竟跟他太太一樣無知，甚至比女兒還要蠢，他實在引以為樂！

琴恩也認為這樁婚姻有些詭異，可是她並沒說什麼，只是很誠懇的祝他倆幸福。

莉琪和夏露蒂自此以後便有了無形的隔閡，兩人都避談這件事。莉琪心想，她們再也不能像從前那樣親密交心了。於是她更加關心姐姐的幸福，這個賓利先生已經走了一個星期，卻絲毫沒有要回來的跡象。

琴恩早就給卡洛琳寫了回信，現在正在數日子，看看還得多少天才能收到她的回信。而寇林斯先生的謝函在星期二就收到了，信上說了很多客套的話，還說他已經有幸獲得他們的芳鄰魯卡斯小姐的芳心了。下次去看他的愛人時，可以順道來看看他們，以免辜負了他們善意的期望。

說也奇怪，寇林斯不去魯卡斯莊園，卻要來朗波因，那不是找麻煩嗎?班奈特太太現在正因心情不佳，健康失調，因此非常討厭訪客。她現在成天嘮叨這些事，除非想到賓利一直不回來而使她更苦痛時，她才會暫時消音。

連莉琪也開始擔憂起來，她並不是怕賓利薄情，而是怕他真的被牽絆住了。在他那兩個自私短視的姐妹，以及那位能夠牽著他鼻子走的朋友的同心協力下，再加上達西小姐的婀娜多姿和倫敦的聲色娛樂，即使他果真對琴恩朝思暮想，恐怕也無法掙脫那層層的束縛。

而琴恩更是焦慮，只是她不願意把自己的心事表現出來，所以一直佯裝不在意。偏偏她母親動不動就提到賓利，甚至硬要琴恩承認——要是賓利真的不回來，那她一定會覺得自己受了傷。

寇林斯先生在兩星期後的星期一準時出現，可是朗波因這回卻不像他第一次來時那樣歡迎他了。好在他每天都把大部分時間耗在魯卡斯莊園，一直待到魯卡斯家人快要就寢的時候，才回到朗波因來向大家致歉，請大家原諒他整日不見人影。

班奈特太太一想到魯卡斯小姐有天就會來接管這房子，就控制不住的嫉妒和厭惡她。每次夏露蒂來看她們，她總以為她是來看看還有多久就可以搬進來住；每次夏露蒂跟寇林斯先生低聲說話時，她就以為他們是在談論朗波因的家產。她把這些憂愁都說給了丈夫聽。

「夏露蒂就要做這屋子的主婦了，而我只能眼睜睜的看她來接替我的位子，這怎麼得了！」

「我的好太太，樂觀點吧，說不定我的壽命比妳還要長呢！」

可是這些話沒有辦法安慰班奈特太太，反而讓她更悲傷的訴苦下去。

「一想到所有的財產都要落到他們手裡，我就有氣。要不是為了這些，我才不在乎呢。」

「妳不在乎什麼？」

「什麼我都不在乎。」

謊言

賓利小姐的信來了，信裡直言她們決定在倫敦過冬，最後並替他哥哥致歉，說他臨走前沒來得及向哈德福郡的朋友告別，甚覺遺憾。

琴恩覺得整封信除了寫信人做作的親切之外，其餘都是讚美達西小姐的形容詞，千篇一律的談到她的明媚嬌豔。

這事讓莉琪知道了，她非常難過，不但憂心姐姐的情感順遂與否，同時也埋怨在倫敦的那群人。卡洛琳說她哥哥鍾情於達西小姐，莉琪根本一個字都不信，她仍舊相信賓利先生喜歡的是琴恩。莉琪一向很看重並相信他，現在才知道他原來是這樣一個沒有主見的人。一想到這裡，她就有點看不起他。要是他自去娶錯了對象，那也就算了，但這畢竟還牽涉到姐姐的幸福，她相信他不是不明白。她已經想不出什麼別的理由了，究竟是賓利先生真的見異思遷呢？還是他周遭的人逼得他莫可奈何呢？他究竟知不知道琴恩的真心？還是從來不知道？她應該理清頭緒，才能斷定他是好是壞，可是對她姐姐來說，這所有的傷痛是無法避免的了。

話說這天班奈特太太又像平常一樣說起尼瑟菲德莊園和它的主人，後來總算只剩下她們姐妹倆，琴恩這才忍不住說道：「媽不知道她這樣時時提起他，我聽了會有多痛苦啊。但是我不會怪誰的。我相信自己不久後就能忘記他了。」

莉琪半信半疑的望著姐姐，不出一語。

「妳不相信嗎？」琴恩紅著臉嚷道：「他在我的腦海裡可能只是個還不錯的朋友而已。我沒有什麼好奢望，也沒有什麼好擔心的，更沒必要責備他。因此，不用多久，我一定就能慢慢走過來的。只怪我自己不該胡思亂想，好在目前為止，只是傷了自己而已。」

莉琪不禁叫了起來：「親愛的琴恩，妳太善良了，任何時候都為別人著想，我不知道該怎麼說，我只覺得從前對妳還不夠好。」

琴恩竭盡所能的否認這切她承受不起的誇獎，反而拿這些讚美的話來回報妹妹的關心。

莉琪說：「這樣是不公平的，妳總認為全世界都是好人。我只要說了誰壞話，妳就感同身受的難過；而我要是把妳看成一個完美的人，妳就會反駁我。在這世上，經歷的事越多，我就越對很多現狀不滿。我越來越相信人性都是善變的，我們不能輕易以貌取人。最近有兩件事，其中一件我不說，另一件就是夏露蒂的婚事。簡直是豈有此理！不管妳是怎麼看，反正都是莫名其妙！」

「親愛的莉琪，不要這樣鑽牛角尖了，那會毀了妳的。妳對每個人內心世界的不同體會得還不夠，想一想寇林斯先生的身分地位和夏露蒂一貫的謹慎態度吧。妳要知道，她也算是一個大家閨秀，兩個人倒還真是門當戶對呢。妳就當她對我們那位表兄真的有幾分愛慕吧。」

「看在妳的面子上，我當然沒問題，可是這對任何人都沒有好處。我現在只覺得夏露蒂根本不懂愛情，要我相信她是真的愛上了寇林斯，那我更會覺得她是徹底的無知。寇林斯先生是個什麼樣的蠢漢，這個妳和我都清楚，這個世界上只有腦袋有問題的女人才肯嫁給他。雖說這個女人就是夏露蒂，我們也沒必要為她辯護。妳千萬不能為了某一個人而改變本身的原則，更不要試圖說服我，或是說服自己去相信保守短視就是謹慎，草率迷糊就等於追求到了幸福。」

「我認為妳太激動了一點。」琴恩說：「但願妳以後看到他們幸福的樣子時，會想起我說過的話。我們換個話題吧。妳不是說有兩件事嗎？我不會誤解妳，可是，我求妳千萬不要錯怪他也不要瞧不起他，不然我會很痛苦的。我們不能隨意認為對方蓄意傷害我們，更不能期望一個正值年輕的人能凡事不出錯。我們往往會因為自己的虛榮心而鬼迷心竅，女人尤其會把愛情這個東西幻想得如同置身天堂一般。

「所以男人就故意勾引她們東想西想。」

「如果真是如此，那他們實在也太不應該了。可是世界上是否真的到處都是計謀，這我就不知道了。」

「我絕不是說賓利先生的行為是充滿心機的，」莉琪說：「可是，即使無心，仍有可能會做錯事。凡是粗枝大葉、體會不出別人的真心誠意，而自己又不能慎謀果斷，這也一樣會傷害人。」

「妳覺得這件事也要歸咎到妳所說的這些原因嗎？」

「當然。可是，如果我再說下去，只會教妳更不高興了。我還是閉嘴吧。」

「妳是指他的姐妹操縱他？」

「沒錯，而且是跟他那位朋友共謀的。」

「沒有道理嘛，她們為什麼要操縱他？她們應該只會希望他幸福才對啊。」

「妳錯了。她們除了希望他幸福之外，還有許多別的打算。她們希望他更加有錢有勢，她們希望他跟一個出身顯赫的闊小姐結婚。」

「毫無疑問的，她們希望他選中達西小姐。」琴恩說：「但她們也許只是出於一片好心，並不是妳所想像的那麼惡毒。她們認識她比認識我早，不能怪她們這麼喜歡她。可是，不管她們再怎麼期望，總不至於強迫自己親兄弟的心意吧？除非有什麼非常看不順眼的地方，不然，哪個做親人的會這樣？要是她們相信他已經愛上我，就絕不會想要拆散我們；要是他真的愛我，她們要拆散也拆不成。如果妳一定要以為他對我動了真情，那麼她們這樣做，就是荒謬可笑，我會傷心的。不要用這個想法來刺激我了。」

莉琪無法改變她的想法。從此以後，她們就不大提起賓利先生的名字了。

班奈特太太見賓利先生一去不回，仍然持續的抱怨不已，儘管莉琪幾乎天天向她解釋，然而始終無法使她好過一點。女兒盡說些連自己也不相信的話給母親聽，說賓利先生對琴恩的好，只不過是出於一時迷戀，根本算不了什麼，一旦她不在身邊，也就忘得一乾二淨了。雖然班奈特太太也相信這些，但她仍每天反覆提起，最後只有想出一個不是上策的上策，那就是指望賓利先生明年夏天還是會回到這兒來。

班奈特先生則是持另一種態度。有一天他對莉琪說：「莉琪，我發現妳姐姐失戀了，但我倒要恭喜她。女孩子除了結婚以外，偶爾嘗點兒失戀的滋味，不但可以使她們有機會去思索一些事，又可以在朋友面前出出鋒頭。幾時輪到妳啊？妳不會願意讓琴恩超前太久吧。現在妳的機會來啦，梅里東的軍官很多，夠讓這附近的每一個女孩失戀的。讓威肯當妳的對象吧，他會用很漂亮的方法把妳遺棄的。」

「多謝了，爸爸，差一點的人就能使我滿意了。我們不能指望每個人都像琴恩那樣好運。」

「沒錯。」班奈特先生說：「反正妳媽媽都會竭盡所能來成全的，妳只要想到這一點，就會覺得很安慰了。」

班奈特一家近來都處於低迷的氣氛中，好在威肯先生常常跑來，她們對他讚譽有加，說他坦白開朗。莉琪所聽到的那套說詞——達西為人惡劣，他為達西先生吃了好多苦頭——大家都知道了，而且不避諱的談論著。每個人一想到自己還不知真相時就已十分討厭達西先生，就忍不住得意起來。

只有琴恩覺得這件事不妥，她一向是個性情溫柔、處世公正的人，一向希望大家多看多體會，因為事情往往表裡不一，她很惋惜別人都把達西先生看成是舉世無雙的惡人一個。

轉機

寇林斯先生既已做好迎接新娘的準備，現在只等下次再來哈德福郡，定出佳期，成為全世界最幸福的男人就行了。

星期一，班奈特太太的弟弟和妻子照例到朗波因來過聖誕節。嘉弟納先生是個通情明理、頗具紳士風範的一個人，各方面水準都高出他姐姐甚多。嘉弟納太太比班奈特太太和菲利普太太都小，也是個秀外慧中、討人喜歡的女人，朗波因的外甥女們都很喜歡她，尤其是那兩個大外甥女。

嘉弟納太太到了這裡，第一件事就是分發禮物，靜聽班奈特太太跟她訴苦。

「我並不怪琴恩，」她接下去說：「琴恩要是能夠嫁給賓利先生，她早就嫁了。可是莉琪——唉，要不是她自己作怪，說不定早已是寇林斯太太了。她就是在這間屋子裡拒絕他的求婚的，反而讓魯卡斯太太的一個女兒搶得先機去了，朗波因的財產從此就得由別人來繼承。」

嘉弟納太太老早就約略知道她們家裡最近發生的事情，於是應付了班奈特太太幾句，就轉移話題了。後來莉琪跟她在一起時又談到了這件事，「琴恩的好事就這樣吹了。但世事不就如此嗎？見異思遷的情形隨時都會發生。」

「妳的安慰完全是出於一片好心，」莉琪說：「可惜於事無補。一個成熟自主的青年，幾天以前才愛上一個女孩，幾天後就受到周遭的影響而改變初衷，這說得過去嗎？」

「妳所謂的『愛』是否太籠統、太不切合實際了？賓利先生的愛情究竟火熱到什麼程度？」

「我從來沒有看過那樣一往情深的。他們每見一次面，感情就加一次溫，大家都看得出來。舞會時，他還因為沒有邀請其他女孩跳舞而得罪了人，這還不能算是愛嗎？寧可為了一個人而得罪大家，這難道還不算鍾情嗎？」

「這樣看來，真有這麼一回事囉。可憐的琴恩！她一定沒辦法一下就把這事淡忘的；但要是換作妳發生這樣的事，妳自會一笑置之而無所謂的。妳看，勸她到我們那裡小住一陣子怎麼樣？換換環境也許會有點幫助。」

莉琪立刻表示贊成，而且相信姐姐也會同意的。

嘉弟納太太又說：「我希望她不要顧忌太多。我們雖然和賓利先生同住在倫敦，卻不住在同一區，所以，除非他上門來看她，不然他們就不太可能會碰到面。」

「那是絕對不可能的，因為他現在被朋友軟禁了，親愛的舅媽，達西先生絕不會讓賓利先生自己作主的。」

「那最好。可是，琴恩不是還在跟他妹妹通信嗎？賓利小姐說不定會冒出來哦。」

「不可能了。」

莉琪雖然認為賓利一定是身不由己了，可是她左想右想，還是覺得尚存一絲希望。她有時候甚至認為賓利先生很有可能會對琴恩舊情復燃，任何旁邊的影響也許都不敵琴恩的感情力量吧。

琴恩小姐高興的接受了舅媽的邀請，只希望卡洛琳沒和他哥哥同住，那麼她就可以偶爾到卡洛琳那兒去玩，而不至於撞見她的哥哥。

嘉弟納夫婦在朗波因待了一個星期，每天都有宴會，而且每次都有威肯。莉琪總是說威肯先生好，使得嘉弟納太太本能的起了疑心，開始注意起他們兩人。顯然他們已經相互有了好感，這讓做舅媽的她深感不安，她決定在離開哈德福郡以前，徹底和莉琪談個明白。

可是威肯討好起嘉弟納太太來，卻另有一套手腕，遠在十多年前嘉弟納太太出嫁以前，曾在他所出生的德比郡住過，因此他們有許多共識的友人，他告知嘉弟納太太一些有關她從前朋友的消息，比她自己打聽來的消息還要新。

她把威肯先生陳述的培姆巴里和她記憶中的培姆巴里比較了一下，兩人各得其樂的陶醉其中。她聽到他談起現在這位達西先生對他的種種虧待，就努力去回想那位先生小時候的樣子是否和現在相符。她終於想起了從前確實好像聽人說過，這個人是個脾氣高傲的孩子。

醒悟

「妳是個明理的孩子，莉琪。妳不會因為人家勸妳談戀愛要小心，妳就偏偏故意要談，因此我才敢對妳說。說真的，跟這種沒有經濟基礎的人談戀愛，實在太冒險了些，千萬別讓自己動了情，我並不是在說他的壞話，要是他得到了他應得的財產那也還好，但事實並非如此，所以妳可要想清楚點。妳很聰明，知道妳父親信任妳，千萬不要教他失望了。」

「親愛的舅媽，妳言重了。」

「也許吧，我但願妳能慎重些。」

「我會小心威肯先生的，只要我不願意，他就靠近不了我。」

「莉琪，妳這樣說就太不謹慎啦。」

「哦，讓我換個說法。直到目前為止，我並沒有愛上威肯先生，只是在我遇見過的人當中，他的確是最有意思的一個，可是父親對威肯也有意見，所以我不可能教任何人為了我而擔心的。但是年輕人一旦相愛，怎麼可能會因為沒錢就放棄了呢？要是我也真的動了情，又怎能跳脫？而且我又怎麼知道拒絕他一定就是最好的決定？因此，我只能答應妳不衝動就是了。」

「假如妳不讓他來得這麼勤，也許就會好點。至少妳不必提醒妳母親邀他來。」

莉琪不好意思的笑笑說：「噢，這星期倒是為了妳才常常請他來的。因為媽媽總以為自己的親戚一定要有人陪著才行。總之，請妳相信我，我一定會好好處理的。這下，妳放心了吧。」

寇林斯先生的婚期已定，這讓班奈特太太徹底死了心，魯卡斯小姐星期三到班奈特府上辭行。當夏露蒂起身告辭時，莉琪一方面因為自己母親那些陰陽怪氣的祝福話，讓她不好意思，另一方面自己也的確有些感觸，於是就送她走出房門。下樓梯時，夏露蒂問：「妳會寫信給我嗎？」

「當然。」

「還有，妳願意來看我嗎？」

「我們就在哈德福郡見面吧。」

「我可能暫時不會離開肯特郡，妳還是答應我上漢斯福特來吧。」

莉琪雖然明知去那兒鐵定不怎麼好玩，可是仍沒法拒絕。

婚禮甫畢，新郎新娘直接動身前往肯特郡。莉琪不久就收到了夏露蒂的來信，之後她們的通信就一直很頻繁，但不再像從前那樣無話不說了。莉琪總覺得過去那種親密的時光已成往事，所以和夏露蒂通信，與其說是為了目前的友誼，還不如說是為了過去的友情。

夏露蒂的信裡充滿了愉悅的字眼，講到任何事情都不忘加上一句讚美，好像真有說不盡的快樂，凡是住的、用的、穿的、吃的……她只不過把寇林斯先生所誇耀的漢斯福特說得稍微委婉了些罷了。莉琪心想，一定要親自去一趟，才能一探究竟。

琴恩很早就來了一封短箋給莉琪，信上說她已經平安抵達倫敦。

一個星期後的第二封信說，既沒有看見卡洛琳，也沒有收到卡洛琳的信。琴恩只得認為上次從朗波因寄出的信，一定是寄丟了。

不久，琴恩便直接去拜訪賓利小姐了。

我覺得卡洛琳精神很不好，可是見到我卻很高興，而且怨我到倫敦怎麼不事先通知她一聲。果然，上次給她的那封信她沒收到。據說賓利先生近況很好，和達西先生走得很近，他們兄妹間也很少見面。聽說達西小姐要到他們那兒吃飯，我很希望能和她見到面。我這一次拜訪的時間並不長，因為卡洛琳和休斯特太太都要出去。也許她們馬上就會來這兒看我。

莉琪讀著讀著，不禁搖頭。她相信，除非天賜良機，否則賓利先生根本不會知道琴恩去了倫敦。

四個星期過去了，琴恩還是沒有見到賓利先生。她並沒有因此而怎樣，但賓利小姐的冷漠寡情，她終究是看清楚了。她每天都在家裡等賓利小姐，等了兩個星期，最後她總算上門了，可是只待了一會兒就告辭離去，而且態度也一百八十度大轉變，琴恩覺得不能再自欺欺人了。

現在，我不得不承認，賓利小姐對我的關心統統是假的。妳的見解的確比我高明。親愛的妹妹，雖然如今事實擺在眼前，我還是認為我對她的信任以及妳對她的懷疑，同樣都有理。我到現在仍不明白她從前為什麼要對我好，如果今天歷史重來一遍，我相信我還是會受騙。

卡洛琳來之前沒有給我隻字片語，來了之後又一副不耐煩的樣子，她只是敷衍了我幾句話，她的種種簡直是前後判若兩人，因此當她要走時，我就暗下決心要和她從此斷絕往來。

雖說我對她有所埋怨，但我又有點可憐她。我可以問心無愧的說，我們之間的友情都是她主動的。而我可憐她，是因為想到將來她一定會後悔的，她之所以變成這樣，完全是因為擔心自己哥哥的緣故。既然他值得他妹妹珍惜，那麼不管她的出發點是什麼，那也都是合情合理的。

只是，我不懂她到現在還在顧慮什麼，聽卡洛琳的口氣，我肯定他已經知道我在倫敦了，然而從她的談話聽來，又好像她確定他是真的對達西小姐有意思。我敢說這其中一定大有問題。我一定會盡可能的想開些，譬如想想妳的好以及舅父母對我始終如一的關心。希望很快就能收到妳的信。賓利小姐說他再也不會回尼瑟菲德莊園了，可是說得並不怎麼肯定。唉，我們還是不要再提……

莉琪看了信之後有些難過，但一想到琴恩可以不用再受他們的欺騙，至少不會再受那個卡洛琳的騙，她又有些欣慰。她已經完全放棄了對賓利先生僅存的希望，甚至根本不希望他會再來重續前緣。她越想越覺得他不是東西，並希望他早一點跟達西小姐結婚，因為照威肯所說，那位小姐一定會讓他悔不當初的。

嘉弟納太太來信把上次莉琪答應過要怎樣對待威肯的事重提了一遍，莉琪回信的內容，自己雖然頗不滿意，可是舅媽看了卻很滿意。原來他對她的慇懃已成過去式——他愛上別人了。莉琪極其敏感的看出了一切，但並沒有很痛苦，只是頗有感觸罷了。她想，如果她有一點錢，那自己早就成為他唯一的心上人了。就拿他現在為之傾倒的那個女孩來說，她的魅力所在就是可以使他意外獲得一萬英鎊的橫財。可是莉琪並沒有因為他追求物質享受而怪他，反而認為這是人之常情。她想到他決定捨棄她時一定也掙扎了許久，但，這對雙方而言又不失為是既聰明又理想的一個辦法。她誠心誠意的祝他幸福。

親愛的舅媽，我已漸漸相信，一開始我就不怎麼愛他。因為假如我真的對他有感情，那麼我現在一定巴不得他倒盡大楣，可是我心裡不僅對他沒有一絲介意，甚至對那位小姐也沒有任何偏見。他和我根本算不上戀愛。我的小心提防並非枉然，要是我真的愛過他，別人一定會笑掉大牙的。我絕不會因為人家沒有把我捧為主角而沮喪，太受人器重有時候需要付出很大的代價。凱蒂和麗迪雅對他的缺點批評得才更厲害呢。她們在人情世故方面的認知還很膚淺、還沒辦法了解：帥哥俊男和凡夫俗子一樣，也是要吃飯睡覺的。

離家

溼冷多雨的一月和二月就這樣過去了。三月時莉琪要到漢斯福特去。起初她並不是很想去，可是一想到夏露蒂對這個約定一直抱著熱望，她也就比較樂意來考慮這趟遠行了。短暫的分別促使了她想和夏露蒂重逢，也減退了她對寇林斯先生的反感。再說，家裡有這樣的母親和妹妹，唉，換換環境也好，也許還可以去看看琴恩。因此，她現在反而有些等不及了。

只有和父親的離別使她略微傷感，其實，他根本就不願意讓她去，但既然事情已經敲定，只得教她要常常寫信回來報平安。

她跟威肯先生告別時，威肯出乎意料的客氣。他現在雖然在追求別人，但是並沒有忘記莉琪是第一個令他傾心的人，第一個聆聽他、第一個同情他的人。他祝她萬事如意，他的如此盛情使她對他更懷好感了。分手以後，她更確信不管今後他結婚或單身，在她的心目中永遠是個好人。

第二天和她同路的魯卡斯爵士說不出一句好聽的話，他女兒瑪麗亞也是一樣沒有內涵，聽他們父女兩人對談，就像聽車輪聲一樣乏味。莉琪本來就愛聽一些無稽之談，不過爵士那一套她實在是聽不下去。

正午時分，當他們走進嘉弟納家的大門時，琴恩正等在那兒迎接他們，只見她還是像印象中一樣的健康美麗。所有的小孩都急於見到表姐，因為一年沒見面了，但又不好意思下樓去，於是都擠在樓梯口。嘉弟納家一片歡樂，這一天過得非常愉快，上午鬧烘烘的忙成一團，還要出去買東西，晚上則到戲院去看戲。

莉琪問了舅媽許多有關姐姐的事，舅媽說，琴恩雖然力圖振作，但還是有不開心的時候。她聽了並不怎麼詫異，卻很憂心。嘉弟納太太把琴恩跟她說過的事重述一遍給莉琪聽，這些話足以說明琴恩真的不想再跟賓利小姐有任何牽扯了。

然後又談起威肯遺棄莉琪的事，她取笑她的外甥女一陣後，又誇讚起她的涵養來。

「可是，莉琪呀，那位小姐是怎樣的一個女孩？我可不願意把我們的朋友看錯了啊。」

「我問妳，親愛的舅媽，從婚姻的角度來說，見錢眼開與動機正當有什麼不同？到底什麼限度才算合理？怎樣才算是貪心？去年聖誕節妳還擔心我跟他結婚，擔心我太衝動，而現在呢，他要去跟一個只不過有一萬英鎊財產的女孩結婚，妳就說他貪財。」

「只要妳告訴我，她是怎樣的一個女孩，我就告訴妳妳想知道的。」

「我相信她是個不錯的女孩。」

「可是威肯根本不曾把她看在眼裡，為何現在她祖父一去世，她成了這筆財產的繼承人，他就會看上她了呢？」

「如果說他沒有選擇我是因為我沒有錢，那麼，他一向沒有看在眼裡的一個女孩，一個同樣窮的女孩，他又有什麼理由要跟她談戀愛呢？」

「不過，她家裡發生巨變，他馬上就去向她獻慇懃，這未免也太奇怪了吧。」

「一個處境困頓的人，不會像一般人那樣有時間去想這些枝節。只要她願意，我們為什麼要反對？」

「她不反對，並不是說他就是正當的。那只不過說明了她本身一定也有什麼缺陷，不是見識不夠深，就是感覺出了差錯。」

莉琪叫道：「妳怎麼說都有理，說他貪財也可以，說她傻也可以。」

「莉琪，這種話未免也說得太消極了吧。」

看完戲，舅父母又邀請她參加他們的夏季旅行。

莉琪毫不猶豫的就答應了，而且非常感激。「我的好舅媽，」她歡喜的叫了起來，「我是多麼幸福啊！妳給了我新的生命活力，我再也不會沮喪憂鬱了。我們回來時，一定不會像其他遊客那樣，看到的都只是浮光掠影而已。」

客套

莉琪一想到要去旅行就雀躍不已。當他們走上通往漢斯福特的小徑時，每個人都不約而同的尋找那幢牧師的住宅。他們沿著羅琴茲花園的柵欄走，莉琪一想到傳聞那戶人家的種種情形時，就忍不住覺得好笑。

牧師住宅就在眼前了。寇林斯夫婦走到了門口，賓主相見，不亦樂乎。寇林斯還是一如往昔的拘泥禮節，在門口花了好幾分鐘問候班奈特全家大小是否安好。聽到莉琪一一報好之後，才把客人領進屋子裡，並且熱情的奉上點心。

莉琪早就料到他會那樣得意非凡，因此當他誇耀他的屋子好得沒話說時，她不由得想到這番話其實是講給她聽的，意思是要她明白，她當初拒絕他，顯然是做錯了決定。雖說每樣東西都是那麼整潔，但她絕不能流露出半點後悔的神色，免得他得意忘形。她帶著詫異的眼光看著夏露蒂，她不知道夏露蒂和這種人朝夕相處有何幸福可言。寇林斯先生有時會說出很不得體的話，使一旁的夏露蒂聽了也不禁難為情，每次這樣時，莉琪就會向夏露蒂望去，夏露蒂有一兩次被她看得臉都紅了，不過通常她總是很機靈的裝作沒看見。

大家在屋子裡坐了好一會兒，然後寇林斯先生就請她們到花園裡去散散步。他最自誇的休閒活動就是整理花園。夏露蒂說，這種家居家勞動有益於健康，她會盡可能的鼓勵他去做。她的態度泰然自若，不得不教莉琪佩服。他帶他們走遍花園裡的曲徑小道，每至一處都要不厭其煩的講過一遍，美不美倒完全不是重點，看的人就算想要附和幾句也沒機會插嘴。

寇林斯先生本來還想帶他們去看另兩塊草地，但是小姐們的鞋子實在不適合走上那才剛融霜的小徑，於是全都打算繞回去，只剩下爵士和他作伴。夏露蒂陪自己的妹妹和莉琪參觀屋子，這會兒她終於能夠暫時拋開丈夫而有機會一展身手。

屋內布置得精巧別致，莉琪對夏露蒂誇獎有加。只要寇林斯先生不在，氣氛就自在多了。莉琪看見夏露蒂那得意樣，就不禁聯想她平常一定不怎麼把寇林斯先生放在眼裡。

這天晚上，主人談起漢斯福特的種種話題，讓莉琪不由得默默思索起夏露蒂對現狀的滿意程度，還有她駕御丈夫的技巧和容忍丈夫的雅量。她不得不承認，整體說來還不算太糟。她隨即開始考慮這次做客的時間要怎麼度過，因為還不就是一些平淡無趣的日常起居，加上寇林斯先生令人不耐的插嘴和羅琴茲數不清的應酬罷了。

第二天中午，她正準備出去時，忽然聽見樓下傳來一陣喧嘩。不一會兒，只聽見有人匆忙飛奔上樓大聲喚她，在樓梯口的瑪麗亞嚷道：「噢，莉琪呀，樓下餐廳有精采畫面哦!恕我不明講。趕快下來看吧。」

於是她們就一起去探個究竟。原來來了兩個女客人，共乘著一輛馬車停在花園門口。

「就這樣嗎?我還以為是哪隻豬誤闖花園了呢，原來只是凱瑟琳夫人母女嘛。」

瑪麗亞聽她說錯了，不禁大吃一驚。「妳再看仔細點，那位老夫人是傑金斯太太哩，另外一位是包爾小姐。妳瞧，她真是纖細得嚇人，誰會想到她這麼單薄、這麼瘦小！」

「她怎麼這麼大牌，風這麼大，卻讓夏露蒂待在門外。她為什麼不進來？」

「夏露蒂說要是包爾小姐能進來一次，那可是天大的面子。」

莉琪這時又生了另一個想法：「身體又差、脾氣又壞，她配達西可真是天造地設呢，做他的太太還真的滿配的。」

寇林斯夫婦兩人都站在門口跟那兩位女客談話。莉琪覺得最可笑的是，爵士竟也在旁邊插花，必恭必敬的站在門口，每當包爾小姐看他時，他就是一個標準鞠躬。

後來她們驅車離去，大家都回到屋裡，寇林斯一直恭喜莉琪和瑪麗亞鴻運當頭了。夏露蒂隨即解釋給她們聽，原來羅琴茲明天要請他們全體過去吃頓飯。

作客

「說實在，」寇林斯先生說：「她老人家請我們星期天去，這事本來就在我的預料中。她為人一向親切好客，但怎麼也想不到會像這次這樣盛情。」

魯卡斯爵士說：「大人物的待人接物一向都是如此，像我這般有身分的人，那才見識得多了呢。在上流社會中，這種附庸風雅的好客根本就是常有的事。」

當女人們正要各自去打扮時，寇林斯先生又對莉琪說：「不要為打扮太費心思，親愛的表妹。妳只要選一件出色的衣服穿上就行，不必過於盛裝打扮。凱瑟琳夫人喜歡守本分的人，這樣才能看出真正的內在。」

女人還在打扮時，寇林斯在一旁不斷催促她們，因為凱瑟琳夫人請人吃飯最討厭客人遲到。瑪麗亞心生惶恐，因為她一向不大會應酬，一想起要到羅琴茲拜訪，她就心驚膽戰，正如她父親當年進宮一樣。

這天天清氣朗，他們愉悅的漫步了半英哩路。莉琪放眼觀賞，可是並沒像寇林斯先生所說的那樣，會被眼前的景色陶醉得忘了身在何處。

他們踏上台階時，魯卡斯父女倆都很緊張，倒是莉琪絲毫不見懼色。論才論德，她都不曾聽過凱瑟琳夫人有什麼了不起的地方足以令她敬而生畏，單靠有錢有勢，還不至於教她見到了就腿軟。

夫人非常和氣的起身迎接他們。寇林斯太太事先跟她丈夫商量好，由她出面介紹主客雙方，因此介紹得相當得體，凡是寇林斯先生不會少的道歉話和感激話，則都免了。

雖說爵士當年也曾進宮見過皇上，但仍被這樣的堂皇氣派給嚇住了，只得一聲不響坐了下來，他的女兒更是失常得手足無措。莉琪倒像是沒事一般，從容不迫的瞧著主人。凱瑟琳夫人輪廓清晰，她比較嚇人的倒不是默不作聲，而是她高高在上的聲調，這使莉琪立刻想起了威肯先生形容的話。

晚宴很豐盛，跟寇林斯先生之前形容的一模一樣，他一邊切一邊吃還一邊讚不絕口。然後由魯卡斯爵士繼續吹捧，完美無缺的做了他女婿的應聲蟲。凱瑟琳夫人對這些過分的稱讚好像也十分滿意。

晚餐後回到客廳，唯一能做的事就是聽凱瑟琳夫人談話。她說話的方式相當斬釘截鐵、不允許別人反對。她教夏露蒂如何處理家事，莉琪發覺這位貴婦人只要有機會支配別人就絕不會輕易放過。她偶爾也向瑪麗亞和莉琪問話，尤其是對莉琪。她不大清楚莉琪和他們是什麼關係，不過她向夏露蒂表示，她是一個很標致的女孩。她問莉琪有幾個姐妹、她們結婚了沒、她們長得怎樣、在哪裡讀書。莉琪雖覺得唐突，但仍心平氣和的回答她。

「妳會彈琴唱歌嗎?班奈特小姐。」

「會一點點。」

「噢，妳的姐妹們呢？」

「有一個會。」

「為什麼不是每個都會呢？妳們會畫畫嗎？」

「都不會。」

「怎麼，一個也不會嗎？」

「沒有一個會。」

「妳們是沒有機會學吧。妳們的母親應該每年春天帶妳們到倫敦來找名師才對。」

「我母親是不會反對的，但我父親不喜歡倫敦這地方。」

「妳們的女家庭教師走了嗎？」

「我們從來就沒有請過女家庭教師。」

「那怎麼行？家裡有五個女孩，卻不請個女家庭教師！真是太荒謬了，妳媽是怎樣教育妳們的。」

莉琪忍不住笑了起來，告訴她事實並非如此。

「那麼誰教導妳們呢？誰服侍妳們呢？沒有女家庭教師不就沒人照顧妳們了嗎？」

「家裡經常鼓勵我們好好讀書。」

「我一向以為少了循序漸進的指導，教育就不會成功，而按部就班的教育就只有女家庭教師才辦得到。妳的妹妹有沒有哪一個已經出來參加社交活動了，班奈特小姐？」

「全都出來交際了。」

「什麼，五個姐妹都出來交際了？真奇怪！妳只不過是老二！姐姐都還沒有嫁人，妹妹就都出來參加社交活動了！妳的妹妹一定還很小吧？」

「最小的才十六歲。不過，夫人，要是因為姐姐無法早嫁，或是不想早嫁，做妹妹的就不准有社交和娛樂，那她們也太可憐了。不論年紀大小，都應該同樣有享受青春的權利，怎能為了這樣的原因，就教她們死守在家裡！」

「真想不到，」夫人說：「妳年紀這麼小，倒已經這樣有主見，請問妳幾歲啦？」

「我已經有了三個不小的妹妹，」莉琪笑著說：「妳總不會要我把年紀招出來吧。」

凱瑟琳夫人沒有得到直接的回答，顯得相當驚訝。莉琪猜想，在這世上，敢和這種沒有禮貌的富婆開玩笑的，恐怕非她莫屬。

「妳一定沒有超二十歲，所以妳也不必瞞什麼了。」

「我不到二十一歲。」

喝過茶後就開始擺起牌桌來。凱瑟琳夫人、魯卡斯爵士和寇林斯夫婦一桌；包爾小姐要玩二十一點，兩個女孩就很榮幸的幫傑金斯太太為她湊足了人數。她們這一桌很單調無聊，另一桌可就不一樣了。凱瑟琳夫人說一句，寇林斯先生就附和一句。他贏一次就要謝她一次，如果一直贏，還得向她道歉。爵士則只顧著把一樁樁軼事和一個個高貴名字裝進腦子裡。

等到凱瑟琳母女倆玩得厭倦了，兩桌牌就同時散了，夫人叫人去備車時，大家又圍著火爐，聽凱瑟琳夫人斷定明天的天氣如何如何。等到馬車來了，他們才得以解脫。寇林斯先生說了許多感激的話，爵士深深鞠了躬，大家這才告別。

馬車一走出門口，寇林斯先生就請莉琪發表她對羅琴茲的感想。她看在夏露蒂面子上，勉強吐出了幾句好話。雖然勉為其難的說出了一堆溢美之辭，卻教寇林斯先生總覺不甚滿意，寇林斯沒有辦法，只得親自開口，又把老夫人大大的褒揚讚美了一番。

貴客

莉琪真是要謝天謝地了，因為這一次作客，跟她表兄寇林斯見面的時間並不多。原來他上午時間不是在整理花園，就是在書房裡看書寫字，憑窗遠眺，而女客的起居室是在後面那一間。

她們從那兒根本看不到外面馬路上的情形，好在每當有什麼車經過時，寇林斯先生總會告訴她們，包爾小姐常常乘坐小馬車經過，往往在牧師的前門都會停下車來跟夏露蒂閒聊幾分鐘，可是主人卻從來沒請她下車。

寇林斯先生幾乎每天都要親往羅琴茲一趟，他太太也是沒幾天就要去一趟。有時候夫人也會親臨寇宅，她會問起日常生活的任何細節，一下說他們的家具擺得不對，一下說他們的僕人在偷懶。如果她願意留在這裡吃飯，那也只是為了看看寇林斯太太是否會持家罷了。

莉琪發覺，這位貴婦人雖無擔任官位，但她等於是這個教區的法官，一點點事都要寇林斯先生告知她。只要是哪一個窮人在吵架，或是窮得活不下去，她就會親自調解處理，訓得他們一個個不敢出聲。

羅琴茲大約每星期會請他們過去吃一、兩次飯，他們就像沒有別的應酬似的，因為附近一般人家的生活派頭，寇林斯還沒得高攀。不過，莉琪覺得還好，因為她在這裡過得還滿舒服的。她經常和夏露蒂花半小時愉快的小聊一番，加上這個季節天氣又好，可以常常到戶外走動。別人去拜訪凱瑟琳夫人時，她總是愛到花園旁邊那座小林子裡散散步。那兒有一條極美的綠蔭小徑，她覺得那兒只有她自己懂得欣賞，而且到了那兒，就可以避開凱瑟琳夫人層出不窮的好奇心。

兩個星期就這樣安靜的過去了。復活節前一星期，莉琪聽說達西先生最近會到羅琴茲。雖然她極討厭達西，但他來了卻能給羅琴茲的宴會添一絲新鮮氣息，同時可以從他對表妹的態度看到賓利小姐在他身上的希望破滅，那不是很有趣嗎？凱瑟琳夫人一談到他要來，就驕傲非凡，對他讚美備至，但一聽說魯卡斯小姐和莉琪早就認識他了，而且還時常見面，就好像有點不太高興。

不久後的一天上午，寇林斯到羅琴茲拜會達西他們。達西先生還帶了一位費茲・威廉上校，是達西舅父的小兒子。寇林斯先生回家時，把那兩位貴賓也帶來了，夏露蒂立刻奔進另外一個房間告訴小姐們說，她們馬上就會有貴客來訪。

「莉琪，這次貴客能夠大駕光臨，我得感謝妳，否則達西先生才不會這麼快就來看望我呢。」

莉琪聽到夏露蒂這番有心機的話，還沒來得及辯解，門鈴就響了，不一會兒，賓主三人一同走進屋來。帶頭的是費茲・威廉上校，年約三十歲，從他的言談舉止看來，應該是個道地的紳士。達西先生還是當初在哈德福郡的那個老樣子，用他的招牌態度向寇林斯太太問好。儘管他可能有另一種感情，然而見到莉琪的時候，神情卻極其鎮定。莉琪只對他行了個屈膝禮，以不變為應變。

費茲・威廉上校立刻就跟大家有說有笑起來，可是他那位表兄卻只坐在那兒，沒有跟任何人說話。過了一會兒，他突然像是想到了禮節問題，就向莉琪問候起全家人好。莉琪循例應付了他幾句，她說：「我大姐這幾個月都在倫敦，你有沒有碰到過她？」

其實她明明知道他不可能會碰到琴恩，只不過想探探他的口氣，看看他是否知道賓利一家人和琴恩之間的關係。他回答說從來沒有見過班奈特小姐。她只覺得他回答這話時神色有點異樣。

抬頭

寇林斯一家已經有好幾天沒有受到羅琴茲的邀請了，因為主人家有了客人，一直到復活節那天，他們才再度獲邀。這段時間，威廉到牧師家來拜訪過幾次，而達西先生卻始終沒有來過。

他們準時到達凱瑟琳夫人的家，她顯得十分客氣，但並不像前陣子請不到別的客人時那樣熱絡。倒是威廉上校見到他們時好像很高興，因為羅琴茲的生活實在千篇一律，而且寇林斯太太的這位漂亮朋友令他十分愛慕。他興奮的坐到她身邊談天說地，讓莉琪深深感受到空前的款待。他們談得津津有味，而達西的一對眼睛則不斷在他們身上溜轉。過了一會兒，夫人亦有同感而且露骨的叫道：「你們在談些什麼？說來大家聽聽看。」

「我們在談音樂，姨媽。」威廉被迫回答。

「談音樂！那怎麼不跟我談呢？我想目前在英國，沒有幾個人像我一樣真正懂得音樂，我要是下了功夫學，一定會成為一位名家。安妮要是身體好，也一定會成為一位名家。對了，安娜現在學得怎樣啦，魯賓遜？」

達西先生很認真的把自己妹妹的成就推崇了一番。

「那就好。我常常告訴年輕的女孩，要想在音樂的領域出人頭地，就一定要經常練習。我告訴過班奈特小姐好幾次，除非她再多下功夫，否則她永遠不會進步的。我常對她說，寇林斯太太那裡沒有琴，而我很歡迎她每天到羅琴茲來，彈彈在傑金斯太太房間裡的那架鋼琴。」

達西先生眼見姨媽這樣無禮，覺得甚是丟臉，因此沒有理她。

喝過咖啡，威廉上校提醒莉琪，她剛剛答應過要彈琴給他聽，於是她就坐到鋼琴前，他也拖過一把椅子來坐在她身旁。凱瑟琳夫人聽了一半，又跟達西談起話來，最後他終於擺脫她，怡然自得的走到鋼琴旁。莉琪看出他的用意，於是停下，回過頭來對他嬌媚一笑。

「達西先生，你這樣走過來聽，莫非是想給我壓力？儘管你妹妹彈得很好，但我也不至於會害怕什麼。」

達西說：「幸虧我認識妳很久了，知道妳喜歡說一些口是心非的話。」莉琪聽到人家這樣形容她，不禁笑了出來，隨後對威廉說道：「你的表兄竟在你面前把我說得如此糟糕，我本來還想在這裡唬唬人，誰知碰到一個看穿我的人。真是的，達西先生，你把我在哈德福郡的事都說了出來，這樣很不厚道，知道嗎？恕我冒昧說句話，你這樣也是不智的，因為你這樣做，只會引起我的報復念頭，我也會說出你的糗事。」

「我才不怕妳呢。」他微笑的說。

威廉連忙叫道：「我倒很想知道他跟陌生人在一起時態度是怎樣的。」

「我第一次在哈德福郡看見他，是在一個舞會上。他一共只跳了四支舞！雖說男生很少，但他卻只跳了四次，而當時在場的小姐們，沒有舞伴而閒坐在一旁的可不在少數哦——達西先生，你不能否認有這事吧。」

「真遺憾，當時舞會上除了自己人以外，沒有一個女孩是我認識的。」

「沒錯，舞會上是不流行請人家介紹女朋友的。」

達西說：「也許我當時應該請人介紹一下的，可是我又沒資格向陌生人自我推薦。」

「我們要不要問問你表哥為什麼啊？」莉琪故意對著威廉上校說話。「問問他，一個受過教育的人，為什麼不配把自己介紹給陌生人呢？」

威廉說：「我可以直接回答妳，那是因為他怕麻煩。」

達西說：「我是不像某些人那樣有本事，遇到陌生人也能談笑自若，什麼都可以聊。」

莉琪說：「我彈琴的手指不像許多女人那樣靈活，也不像她們彈得那麼有表情、有生命，這是我的缺點，但我從不相信我的手指會不如那些彈奏得比我高明的女人。」

達西笑了笑說：「妳說得一點也不錯。可見妳表現得很好，只要有幸聽過妳彈奏的人，一定都會覺得妳幾近完美。我們兩個人可就不會在陌生人面前表演。」

凱瑟琳夫人忽然大呼小叫問他們在談些什麼，莉琪只好重新彈起琴來。凱瑟琳夫人走過來聽了幾分鐘，就對達西說：「班奈特小姐如果能夠找到一位倫敦名師來指點指點，琴藝一定就會進步了。雖說她的水準比不上安妮，可是也還算懂得指法。安妮要是身體好，又能夠學的話，一定會成為一位演奏家。」

莉琪望著達西，要看看他聽了夫人對他表妹的誇獎是否會表示贊同，可是當場和事後都看不出他對她有一絲一毫愛憐的跡象。從他對待包爾小姐的態度看來，她不禁替賓利小姐感到安慰，要是賓利小姐跟達西是親戚的話，達西一定願意跟她結婚。

意外

翌晨，寇林斯太太和瑪麗亞有事外出，只留莉琪一人在家，忽然門鈴響了起來，令她更吃驚的是，走進來的人竟是達西先生。

達西看見只有她一個人在家，也顯得很驚訝的忙說道歉。他原以為太太小姐都在家，所以才冒昧的來拜訪。

幾句客套的問話後，兩人就好像無話可說了，於是她就說：「去年十一月你們離開尼瑟菲德莊園時好突然哦！賓利先生看見你們一窩蜂都跟著他去倫敦，一定非常驚訝吧？我猜得沒錯的話，當你來這裡時，他和他的姐妹都好吧？」

「的確是，謝謝妳的關心。」

「賓利先生大概不會打算再回到尼瑟菲德莊園來住了吧？」

「我可從來沒聽他這樣說過，但是，他可能不會打算在那兒久住了。」

「如果他不打算在尼瑟菲德莊園久住，那他最好退房，讓我們可以有一個固定的鄰居。」

達西先生說：「我猜他一旦買到了合意的房子，一定會馬上這樣做的。」

莉琪沒有回答，她實在不想再談到他那位朋友的事。

達西馬上明白她的用意，隔了一會兒就說道：「寇林斯先生這棟房子看起來好像滿舒適的。我相信他初到此地時，凱瑟琳夫人一定曾費了一番功夫。」

「而且她的用心也沒有白費，因為天底下再也找不出比他更懂得感恩圖報的人了。」

「寇林斯先生能娶到這樣一位嫻淑的太太，真是好福氣。」

「是呀，他的朋友都該為他慶賀，難得有一個這樣精明的女人願意嫁給他，夏露蒂是個聰明絕頂的人，以一般人的眼光來看，她這門婚姻真是攀得好。」

「她住這裡離娘家和朋友都很近，她一定滿意極了。」

「你說五十哩算近嗎？」

「只要交通方便，五十哩能算遠嗎？」

莉琪嚷道：「我從來不認為距離的遠近也會成為這樁婚姻的考慮條件之一。」

「這表示妳自己太眷戀哈德福郡啦。我猜妳只要跨出朗波因一步，就會開始嫌遠。」

他說這話時不禁莞爾，莉琪覺得自己懂得他這一笑的含意：他一定以為她想起了琴恩和尼瑟菲德莊園吧？於是她紅著臉回答說：「我並不是說一個女人就不能嫁得離娘家太遠。遠近是相對的，必須根據不同的情況來決定，只要有錢，嫁遠一些也沒關係。寇林斯夫婦雖然收入還可以，但也禁不起常年旅行。即使把目前的距離縮短一半，我相信夏露蒂也不會認為娘家近了多少。」

達西先生把椅子移近她一些說道：「但妳總不能一輩子待在朗波因吧。」

莉琪有些詫異，達西也覺得略有不妥，就把椅子往後挪一點，用比較冷靜的聲音說：「妳喜歡肯特郡嗎？」

他們繼續談著這個村莊，兩人都很鎮定，不一會兒，夏露蒂跟她妹妹瑪麗亞散步回來了，談話也就告一段落。夏露蒂她們看到他們促膝談心，都覺得很訝異。達西先生把他剛才誤闖進來遇見班奈特小姐的情形說了一遍，沒幾分鐘就走了。

他一走，夏露蒂就說：「這是什麼意思？親愛的莉琪，他一定是喜歡上妳啦，不然不會這樣沒頭沒腦的來看我們的。」

莉琪把他剛才說不出話來的情形告訴她，使得夏露蒂覺得自己即使有意看好他們這一對，但又不像是這麼回事。她們前猜後想，結論是他一定閒得發慌，所以才出來拜訪親友，因為這種天氣，所有野外活動都已停止，可是男人總不能一直不出大門，於是兩位表兄弟在作客的這段時間，差不多每天都忍不住要來一趟。有時候各自來，有時候一同前往。那些女人看得非常仔細，威廉上校來訪，是因為他喜歡跟她們在一起。莉琪跟他在一起很愉快，他顯然也愛著莉琪。這使莉琪想起了她前陣子的心上人，雖說比較起，威廉沒有威肯那麼溫柔迷人，但她相信他腦子裡的花樣一定更多，只是還沒表現出來罷了。

可是達西先生為什麼常到牧師家裡來呢？他不可能是為了熱鬧，因為他總是坐在那兒不說一句話，威廉有時會笑他怎麼傻愣愣的，可見他平常並不是這樣。寇林斯太太當然弄不清楚狀況，她但願他這個變化是戀愛所造成的，而且愛戀的對象就是莉琪。於是，每當她們去羅琴茲或每當他到漢斯福特時，她總是特別留意他，但總一無所獲。他的確常常盯著莉琪看，可是他那種眼光究竟意味著什麼，沒有人知道。他癡癡的眼神的確很動人，可是夏露蒂仍不能確定那裡面帶有多少愛慕之意。

她也曾向莉琪提醒過兩次，說他可能愛上她了，但莉琪總是一笑置之，弄得寇林斯太太自己也覺得不應該撩得人家動了真心，最後卻落得一場空。她認為，只要莉琪覺得自己已經掌握了他，那麼所有厭惡他的情緒自然都會不見了。

她好心的處處為莉琪著想，有時還盤算把她嫁給威廉呢。他當然也對她有意思，不過，達西先生在各方面都擁有極大的權勢，而他表弟卻什麼都沒有，相形之下，威廉的風趣幽默就顯得微不足道了。

憤怒

莉琪在花園裡散步時，好幾次意外的碰到達西先生。別人不來的地方他偏偏出現，真是倒楣，好像他是故意跟她過不去似的，不然就是有心來賠罪，因為他真的蓄意靠過來跟她一道走。他還是不多話，她也懶得開口。第三次見面時，他問了她幾個莫名其妙、毫無關聯的問題。他問她住在漢斯福特快不快樂，問她為什麼喜歡一人獨自散步，又問她會不會覺得寇林斯夫婦倆很幸福。說到羅琴茲，她明白表示她不甚了解那戶人家，而他倒是好像滿希望她以後一有空就能到肯特郡來，甚至去那兒小住一陣。難道他是在替威廉上校動什麼腦筋嗎？她想，如果真的話中有話，那麼他一定是在暗示那個人對她有意思囉。

有一天，她正獨自散步時，威廉上校迎面走了過來。她勉強的面帶笑容說：「沒想到你也會來這裡。」

威廉上校回答道：「我每年臨走以前，總會到花園四處走一走。」

「你真的星期六就要離開肯特郡了嗎？」她問。

「嗯，只要達西不拖延的話。他辦事一向隨興所至。」

「我從來沒有看過像達西先生這樣唯我獨尊、為所欲為的人。」

「我們誰不是這樣？只不過他比一般人有資格這麼做，我說的是真心話。妳知道，一個做老么的可就不得不克制自己、必須依賴別人了。」

「我倒要問你一句話，你又懂得什麼叫做克制自己和依賴別人呢？你有沒有什麼時候因為缺錢而去不成想去的地方，或是買不成想買的東西？」

「問得好，也許我還沒遇過這方面的困擾，可是遇到重大的問題，我可能就會因為沒有錢而受挫了。老么往往有意中人卻不能結婚。」

「那除非是你愛上多金的女人。」

「我們花錢慣了，所以只好仰賴別人。像我這種身分的人，結起婚來能夠不考慮『錢』，那可少見了。」

「你這些話都是在對我說的嗎？」莉琪想到這裡，不禁臉紅心跳，但她隨即很調皮的說：「請問，一位伯爵的么兒，通常值多少身價？我想你討起價來絕不會超過五萬英鎊的。」

他也用同樣的語氣回答她，這事就打住不談了。可是她怕這樣靜默下去，他會以為她是聽了剛才那番話而心裡不舒服，因此隨即就說：「我想，你表兄之所以把你帶在身邊，就是為了要有一個人任他擺布吧。我不懂他為什麼還不成親？結了婚不就可以有個人一輩子聽他使喚了嗎？不過，也許目前他有個妹妹就夠了，那他就可以任意擺布她了。」

「不，」威廉上校說：「我也是達西小姐的保護人。」

「真的嗎？這位小姐不好伺候吧？要是她的脾氣和達西如出一轍，那她一定也是我行我素的。」

她說這話時，只見他正深情的望著她。他馬上就問為什麼會想到達西小姐可能使他們覺得棘手，這讓她更加肯定自己料事如神。她立刻回答道：「你不用緊張，我從來沒聽過她有什麼缺點，我的朋友休斯特太太和賓利小姐都很喜歡她呢。」

「我和她們不熟。她們的兄弟是個很不錯的紳士，是達西的好朋友。」

「噢，也許吧。」莉琪淡淡的說：「達西先生將他照顧得無微不至。」

「照顧他！沒錯，我相信賓利先生確實多虧他幫了許多忙，可是我得請他諒解，我沒有權利猜他所說的那個人就是賓利。」

「你這話是什麼意思？」

「這件事達西先生當然不願傳出去，免得惹惱那位小姐的家人。」

「你放心好了，我不會說出去的。」

「他只不過告訴我，他最近讓一個朋友沒有結成一門不被看好的婚姻，可是他並沒提到當事人的姓名和細節，我之所以會懷疑是賓利，一來是因為我想，像他那樣的人多多少少都會招來一些這樣的麻煩，二來是因為我知道，他們整個夏天都在一起。」

「達西先生有沒有說他為什麼要管人家閒事？」

「好像是說那位小姐有些條件不夠好。」

「他用什麼方法拆散他倆的？」

「他並沒有明講。他說給我聽的，我已經全都告訴妳了。」

莉琪簡直要氣炸了。威廉看了她一下，問她為什麼滿腹心事的樣子。

她說：「我在想你剛才說的話。我覺得你那位表兄簡直是……他憑什麼這樣替別人作主？」

「妳認為他是多管閒事？」

「我不懂，達西先生有什麼權利認為他朋友的戀愛不合適。」她頓了一下，然後繼續說：「不過，既然我們都不明白真相，所以說要指責他，也未免失之偏頗。說不定這一對男女本來就沒有什麼感情可言。」

「這種推斷不能說不合理。」威廉說：「我表兄本來是興沖沖的，被妳這麼一說，好像所有功勞都要打折扣了。」

他這句話本來只是隨口說說，可是她倒覺得，這句話正是達西先生應得的，因此她也不便接話，就天馬行空改變了話題，談些無關痛癢的事，邊談邊走，不知不覺來到了牧師家門口。

送走客人，她就回到自己房間閉門深思剛才他那一番話。他剛剛所提到的那一對男女，一定就是她所想到的人。在這世上絕不可能有第二個人會這樣無怨無悔的聽從達西先生。會這樣拆散賓利先生和琴恩的婚事，一定有他的分，這是無庸置疑的。

她認為這全是賓利小姐的主意，如果賓利先生並沒有被虛榮心沖昏頭的話，那麼琴恩目前所受的苦和將來還要繼續承受的罪，都要歸咎於他。眼見他一手把別人幸福的婚姻毀於一旦，他造下的這個孽何時才能了結，誰也不敢說。

「這位小姐有些條件不夠好。」難道是指她有個姨父在鄉下當律師，還是有個舅舅在倫敦從商？

想到這裡，她不禁叫嚷出來：「琴恩不可能有什麼缺點，爸爸也沒有什麼可挑剔的，若要比品德的話，達西先生也許還不如呢。」當然，當她想起她母親時，信心不免開始動搖，可是她不相信那方面的弱點對達西先生會造成多大的影響。她最後終於明瞭了；達西不單是傲慢心理作祟，其實更是為了要把賓利先生配給自己的妹妹。

她不想還好，越想就越生氣，越氣就越想哭，最後竟弄得頭痛不已，加上她非常不願意再看到達西先生，於是決定不陪她的表兄表嫂前往羅琴茲赴宴了。

表白

莉琪等寇林斯夫婦走了之後，就把她到肯特郡以來所收到的琴恩的信，一封封拿出來重讀。信上並沒有寫什麼受了委屈的話，她天性善良，總是只寫下歡愉的心情。可是眼前，讀遍了她信中的每一個字，再也找不出這種喜悅的筆調，莉琪只覺得每一句話都流露著不安，上一次實在讀得很粗心，所以沒有留意到。達西先生還厚臉皮的誇說，他的專長就是讓人不好受，這使她更能設身處地的體會到姐姐的痛楚。好在兩個星期後，她又可以和琴恩在一起了。

達西就要離開肯特郡了，他的表弟也要跟著一起離去。但威廉已經表明他沒有什麼企圖，所以她也還不至於太傷心。

突然門鈴響起，她原以為是威廉來了，不由得驚訝了一下，但走進屋來的竟是達西先生，這讓她的情緒又是一陣混亂。他匆匆的問她身體好點沒，她客套的回應了幾句。他才坐了幾分鐘，就起身在屋子裡繞圈子。莉琪一頭霧水，但也一言未發。沉默了半晌，他忽然激動的走到她跟前說：「我再也撐不下去了，請讓我告訴妳實話，我已無法自拔的愛上妳了。」

只見莉琪瞪大眼睛紅著臉，一肚子狐疑的發不出聲音。他還以為她是在鼓勵他多講一些，於是一古腦兒的把現在和過去對她的愛戀和盤托出。他說得極為動人，不只是愛情，還有許多其他的感想也都一併說出。他既表示了濃情蜜意，又說了許多傲慢得不可思議的話，覺得自己是在遷就她，而且家庭背景的不同，往往使他覺得事與願違——怎知這樣殷切的傾訴，雖然顯得慎重，卻也相對的使這個求婚場面甚為不討喜。

儘管她對他沒有好感，但她畢竟不能對一個男人如此的盛情沒有反應。她體諒到他將會受到痛苦，因此深感不安，而他的那些話又引起了她的憤恨——世上怎會有這麼死要面子的人？他說他對她的愛情是那麼一發不可收拾，雖然他一再努力克制，仍情不自禁。他希望她能接受他的求婚。莉琪隨即看出，他顯然自認她會毫無疑問的給他圓滿的回答。他雖然表示自己誠惶誠恐，可是表情卻是一副老神在在的樣子，這只惹得她異常憤怒。等他講完以後，她就紅著臉說：「照說，一個人應該有感激之心，也就是說如果我真的覺得很感激，我現在就應該向你表示感謝。只可惜我沒有這種感覺，因為我從來就不稀罕你的抬舉，我也從來不願意傷人家的心，就算有，也是出於無心。就讓這件事過去吧。你說以前你顧慮太多，所以沒能向我表達你對我的好感，那麼，現在經過我這一番說詞之後，你一定就可以輕易的把這種好感沉澱下來了。」

達西先生本來斜倚在壁爐架上，乍聽此話，氣得臉色發青。只見他極力裝出一副鎮定的樣子，這片刻的沉默使莉琪心裡十分難過。最後達西才勉強沉住氣說道：「我很榮幸，竟然得到這樣的答案！容我請教妳，為什麼我會受到如此無禮的拒絕？」

「也容我請問一下，」她回答道：「你為什麼存心要觸犯我、羞辱我，卻偏要說是為了喜歡我，還違背了自己的意志和理性，甚至違背了自己的個性？要是我真如你所說的那麼無禮，那麼，你不是更無禮嗎？再說我還有別的氣呢。就算我對你沒有反感、沒有任何芥蒂，甚至心儀你，但一個毀了我最親愛姐姐幸福的人，怎麼可能打動我的心呢？」

達西先聽了這些話，臉色再變，但他沒有打岔。

「我有十足的理由恨你，不管你是出自什麼動機，都無法原諒。他們兩人會分開，就算不是你一個人造成的，也是你主使的。你不敢否認，也不能否認。你使男方被人說成是朝三暮四，使女方被人嘲笑是奢望空想。你……」

見他沒有絲毫悔意，讓她氣上加氣。他好像還露出一抹令人不能置信的微笑呢。

「你能否認嗎？」她又問了一遍。

「我不想否認。我的確用盡辦法拆散了我朋友和妳姐姐的好事，我也不否認我的確覺得很滿意，因為我對他總算比對自己多盡了一分心力。」

莉琪再也忍不住了，「幾個月前聽了威肯先生的形容，我就看穿你了。我看你還有什麼話好說？世上怎麼有人竟把這種行為也異想天開的說成是為了朋友？你簡直是顛倒是非，睜眼說瞎話。」

「妳對他的事那麼關心？」

「任何知道他不幸遭遇的人，誰能不關心他？」

「他的不幸遭遇?!」達西輕蔑的重複了一遍，「嗯，他的確太不幸啦。」

「這都是你一手造成的。」莉琪大聲叫道：「你害得他這樣落魄——凡是被指定他應享有的利益全被你剝奪了，而你現在還是只有輕視和嘲笑。」

「這就是妳對我的看法！」達西一面叫嚷，一面向屋子那頭走去，「原來妳把我看成是這樣的人！」他轉過身來對她說：「只怪我把從前猶豫再三的原因說了出來，傷了妳的自尊心，否則妳也不會計較我得罪妳的這些地方了。要是我巧施手段，把內在的矛盾掩飾起來，一味的奉承妳，讓妳相信我對妳懷著無怨無悔的愛，那麼也許妳就不會這麼嚴苛的責罵我了。可惜無論是怎樣的偽裝，我都痛恨。我剛才所說的種種顧慮，我並不覺得有何不妥，這些顧慮完全出於內心的考量。難道妳希望我會為妳那些不入流的親戚而深感榮幸嗎？難道妳以為，如果我攀上了這些社會地位遠不如我的親戚，我會莫名的深覺慶幸嗎？」

莉琪越聽越憤怒，「達西先生，如果你有禮貌一些，也許剛剛的拒絕我會覺得過意不去。但如果你以為這樣向我表白一下，會教我心軟，那你就錯了。」

只見他痛苦而詫異的望著她。她繼續說著：「打從認識你，我就覺得你非常狂妄自大、目中無人，後來又有許多事情讓我對你更加深惡痛絕。像你這樣的人，就算天下男人都死光了，我也不會考慮嫁給你的。」

「說夠了嗎？小姐。我了解妳的心情，現在我只對自己那些顧慮深覺後悔。請原諒我浪費了妳這麼多寶貴時間，並讓我祝妳健康幸福。」

說完，他就匆匆走出房間。隔了一會兒，莉琪就聽到他打開大門走了。她心亂如麻的不知道該怎樣撐住當時的自己，就坐在那兒哭了半個鐘頭。剛才的情景歷歷在目，就像夢一樣，達西先生竟然會向她求婚，他竟已經愛上她好幾個月了！他要和她結婚，不管她有多少缺點。但她的姐姐正是因為這些缺陷而受到他的阻撓，不能跟賓利先生結婚，而這些缺點對他也具有同樣的影響——這真是一件令人匪夷所思的事。

一個人能夠在不知不覺中博得別人如此熱烈的愛慕，想想也足堪告慰了。可是他那可惡的傲慢，居然還能厚顏的招認他的確破壞了琴恩的幸福，想到他招認時那副自以為是的表情，以及提到威肯先生時那種無動於衷的樣子……天啊，怎會有這種冷血的人呢？一想到這，縱然她一時也曾動了心，但終歸是煙消雲散了。

長信

莉琪想了一晚，一覺醒來，仍無心做事，於是決定吃過早飯就出去走走。她沿著小路來回走了兩三趟，忽然看到花園旁的小樹林裡有個人正朝她走來，她唯恐是達西先生，立刻掉頭就走。只見那人匆忙跑向她並叫她的名字，她也只得回過頭來。達西忽然拿出一封信遞給她，她不由自主的收下來。「我已經在這裡逛了好一會兒，希望能碰到妳，請妳看看這封信，好嗎？」他鞠了躬，又彎進樹叢中，轉眼消失不見。

莉琪小姐：

當妳看到這封信時，請不要害怕。既然昨晚的求婚令妳不快，我當然是不會再惹妳生氣了。我之所以要提筆寫這封信，還不是因為自己的個性，不然彼此都省事，也不用我寫妳讀了，我知道妳不喜歡花腦筋，可是我請求妳稍安勿躁。

妳昨天晚上把兩個性質完全不同而且輕重不相等的罪名加在我身上。妳先是指責我破壞了賓利先生和令姐的好事，然後又指責我剝奪了威肯先生應得的富貴和無限限美好的前途。我竟沒心沒肝的拋棄了童年摯友，一個先父生前的寵兒，如今無依無靠的青年——是嗎？這的確讓我遺憾。至於那對男女，他們認識才不過幾星期，就算我拆散了他們，也不能和這個罪過相提並論。現在請允許我把自己的行為和動機表白一下，希望妳明白其中原委後，不會再像昨天晚上那樣苛責我了。

我到哈德福郡不久，就看出賓利先生看上了令姐，那次舞會，我在跟妳跳舞時，才聽到魯卡斯爵士偶然說起，賓利先生對令姐的愛慕已經弄得人盡皆知，大家都猜他們就要談到嫁娶了，聽他說得好像婚事已經十拿九穩，只是遲早的問題罷了。從那時起，我就開始注意我朋友，果然，我看出了他對班奈特小姐的一往情深，和他以前的戀愛截然不同。我也注意到令姐，她的神態和表情依然像平常一樣怡然大方、和藹近人，並沒有鍾情於任何人的跡象。於是，我肯定她雖然樂意接受他的慇懃，但她並沒有用所謂的熱情來回應他。如果這事不是妳弄錯，那麼就是我弄錯了，既然妳那麼了解令姐，所以當然是我錯了。如果事實真是這樣，也難怪妳會生氣。可是我可以毫不遲疑的說，令姐當時的風度極其瀟脫，就算觀察最敏銳的人也會以為：儘管她天性柔和，可是她的心卻不容易打動。我一度確實希望她無動於衷，可是我敢說，雖然主觀上有我的想法和希望，但我相信我的觀察和推斷並不會真的受到我主觀上的影響。我認為，令姐絕不會因為我希望她不為所動，她就真的不為所動。我的看法很客觀，我的願望也很合理。我昨天晚上說，如果我自己面臨這種門不當戶不對的婚姻，我一定會用最大的感情力量來克制的。而我反對他們的婚姻，就不只是單為了這些理由，而是還有別的原因——這些原因雖然到現在仍存在，可是我已經盡可能把它忘了，因為眼不見為淨。

就讓我把原因說明白吧，妳母親那邊的親戚雖然令人不敢恭維，可是比起妳的家人又好太多。妳三個妹妹老是做出一些不像話的事情來，有時候連妳父親也是如此。請恕我如此直言。妳的家人是這個樣子，當然會令妳難受，加上我這樣說，當然更會教妳不開心，可是妳只要想一想，妳和姐姐舉止端莊，備受人家讚美，對妳而言總算不失為安慰吧。

那天晚上看了那些情形，我不僅更確定我對每個人的看法，同時也更加深了我的偏見，覺得非要阻止我的朋友不可。他第二天就到倫敦去了。我想妳一定還記得，他本來是去一下就要回來的。原來，他的妹妹當時和我一樣，都感到哪裡不對勁。我們都覺得應該趕快到倫敦把他幽禁起來，於是決定立刻動身。到了那裡，我才告訴他如果他訂下這門親事，一定會後悔莫及的。我好說歹說，雖然動搖了他的心，使他開始遲疑，可是我當時如果不是那麼有把握的說，妳姐姐對他並不怎麼中意，那麼這番苦口婆心也許就不會發生如此大的效果了，他們的婚事也許怎麼也阻擋不住。原先他總以為令姐也熱烈期待他，但是賓利先生天性謙虛，遇到任何事情，只要我一出主意，他總是唯我馬首是瞻。

我輕易的使他相信這是他自己一時糊塗，他一旦有了這個概念，我們就再說服他不要回哈德福郡去了。如今回想起來，我只覺得有一件事做得不太漂亮，那就是令姐到倫敦的時候，我竟然不擇手段的瞞住了他。這件事不但我知道，賓利小姐也知道，只有她哥哥到現在還蒙在鼓裡。其實他們見了面，或許也不會怎樣，可是當時我認為他還不保險，見到她很可能會舊情復燃。我這樣瞞東瞞西，也許有失身分，但一切都是出於好意啊。

現在，我該說的都說了，也無需再道歉什麼，如果真的傷了令姐的心，也是無意，直到現在我還是不覺得有什麼不對。好，我們再談另一個更重的罪名：扼殺了威肯先生的前途。話說這件事，我唯一能反駁的方法，就是把他和我家的關係一字不漏的說給妳聽，屆時再請妳評斷箇中是非對錯。威肯老先生在培姆巴里管了好幾年我家的產業、非常盡職，所以先父對他這個養子喬治•威肯恩寵有加。先父供他上學，甚至還供他進劍橋大學，先父器重他的程度可想而知。

而我為何對他印象變壞，那也是多年前的事了。他為人浪蕩不羈、惡習不改，雖然他百般遮掩，可是一不提防就漏洞百出——當然先父絕不會有這樣的機會看到。不論你們的感情已有多深，我不得不懷疑這些感情的本質，所以我就更不能不對妳說明他的另一面了。先父的遺囑上特別要我盡可能的提拔他，俸祿優厚的神職一有空缺，就讓他遞補上去，另外還給了他一千英鎊豐厚的遺產，他的父親不久也去世了。其後不到半年，威肯先生就寫信告訴我，他不想去接受什麼聖職而希望我給他一些直接的經濟援助，他說他倒有意學學法律，與其說我相信他這些話靠得住，還不如說我但願他這些話靠得住。無論如何我還是答應了他的要求。我們拿了三千英鎊給他，他算是自動放棄權利，即使將來有資格擔任神職，也不再提出請求，從此我和他之間的關係算是一刀兩斷了。

我非常瞧不起他，沒有再請他到培姆巴里來玩，在倫敦也不和他見面了。我相信他所謂的學法律，全是鬼扯淡，他整天就只懂得浪蕩揮霍。失去他消息的三年後，有個牧師逝世，他又寫信給我要我推薦他。他說他落魄極了，這一點我當然相信，他又說讀法律沒有出息，現在已下定決心要當牧師了，只要我肯舉薦他去接替這個位置就太好了。他以為我一定會照辦，因為他看準我沒有別人好遞補，況且我也不能違背先父的遺願。但我沒有答應他，任他怎麼要求，我依然拒絕到底，這妳總不會再苛責我了吧？他的日子越苦，對我的恨就越深。顯而易見的，無論他是在背後罵我或當面罵我，都是一樣的狠毒。

我們以往的交情從此終結了。我不知道他是怎樣安排生活的，可是去年夏天他又冒了出來。這件事我本來是不跟任何人講的，可是我相信妳一定能保守祕密。我妹妹比我小十歲，由我母親的姪子費茲・威廉上校和我做她的監護人。去年夏天，她跟管家楊格太太到拉姆斯格特去，威肯也跟到那邊去，仗著楊格太太的幫忙，他竟向安娜求婚。安娜只記得小時候他對她很好，因此傻乎乎的讓他打動了芳心，天真的以為愛上了他，竟然答應跟他私奔。當時她才十五歲，我們只能說她是年幼無知。她雖然糊塗，好在還有把這事情告訴我。在他們私奔之前，我及時出現了。安娜一向把我這大哥當成父親一樣尊敬，不忍教我傷心生氣，於是和盤托出他們的計畫。妳可以想像我當時有多震怒，以及採取了怎樣的動作。為了顧全妹妹的清譽和感受，我沒有公開這件事，可是我寫了一封信給威肯先生，命令他立刻離開那個地方。毫無疑問的，威肯先生主要是看中了我妹妹所擁有的龐大財產，但我不禁聯想到，他也是想借這個機會報復我。他的報復幾乎就要成功了。

走筆至此，我把我認為該說的都說了。如果妳還信得過我，那麼，我但願從今以後，妳不要再認為我對威肯先生不人道了。我不清楚他是用什麼樣的花言巧語來欺騙妳，而妳既無從查證，又不喜歡懷疑。妳也許不明白為什麼我昨天晚上不一口氣把這所有內情當面告訴妳，因為當時我沒有太大的把握，不知道哪些話可以講、又有哪些話不應該講。信中所說的一切，是真是假，妳不妨去問問費茲・威廉上校，他是我們的親戚，也是我們的世交，而且是先父遺囑的執行人之一，他對所有的內幕和經過都瞭若指掌，他的證明應該是值得一信的。

假設說，只因妳厭惡我而完全不採信我所說的任何事情，那麼，也許妳可以把妳的意思說給我的表弟聽。我之所以要一大早把這封信交到妳手裡，就是為了讓妳可以有時間去向他探聽一下。言盡於此，願上帝祝福妳。

魯賓遜・達西

真相

莉琪此刻的心情，簡直不知從何形容起。信一開頭他居然還以為人家會原諒他，越看下去，越覺得他分明都在自圓其說，處處流露出一種欲蓋彌彰的窘態。讀到他描述發生在尼瑟菲德莊園的那段時，莉琪對他所言已存有極大的偏見了。她迫不及待一路看下去，根本來不及細細咀嚼。一句沒看完就急於看下一句，因此往往輕忽了前一句的含意。所謂琴恩對賓利本來就沒什麼情意，那分明是睜眼說瞎話；他說那門親事的確隱藏著許多的缺陷，讓她幾乎氣得不想再看下去。他對於自己的作為，絲毫不覺得有罪惡感，其語氣之高傲，簡直不可思議。

然後讀到關於威肯先生那一段的表白，她才稍微冷靜了一些。假如這些句句屬實，那就會把她之前對威肯的好感抹殺得乾乾淨淨。她不禁感到訝異和疑慮，甚至還有幾許恐怖。她恨不得這些事全是捏造出來的。「他一定是在撒謊！這怎麼可能呢！」她一次次自言自語。

她就這樣一片茫然的向前走，千頭萬緒。沒多久，她又忍不住再忍痛重讀描述威肯的那幾段文字，聚精會神的推敲每一句話的意思。其中講到威肯跟培姆尼里的關係那一段，和老達西先生對他的好，在在都和威肯所說的話完全吻合。到這裡為止，雙方的說詞都還可以相互印證，但當她讀到有關遺囑方面的問題時，出入就產生了。讓她直覺他們兩人中，起碼有一個人說的是假話，於是她忽然高興了起來，以為這下自己絕對錯不了。

接著她讀到威肯藉口放棄牧師俸祿而獲得了三千英磅的過程時，她又不由得開始徬徨起來。她暫時放下信，把每一個情節環環相扣的連貫了一下，把信中的每一句話都仔細的推敲，但一點用處也沒，雙方各執一辭，好像在演羅生門，她只好再往下讀，可是越讀越胡塗。她本以為任憑達西先生怎樣巧言善辯、黑的說成白的，都不能減輕他絲毫的惡行，豈知只要把事情改變一下說法，達西先生立刻就可以把責任推得一乾二淨。

達西把驕奢浪蕩的罪名加在威肯先生身上最使她震驚——何況她又提不出有力的駁詞，於是就更驚駭了。一想起他的風度翩翩，就讓人覺得他具備了一切美德。她竭力希望想起他種種的好，以使達西先生的誹謗不攻自破，可惜她就想不出他任何其他的好。她只要閉上眼睛，立刻就可以看到他出現在她面前，神采飛揚、言談優雅，但是，除了旁人的讚賞、除了他用交際手腕在朋友之間贏得的敬慕之外，她實在想不起他有什麼更具體的優點。

她又繼續讀信。可是天啊！接下去就讀到他對達西小姐的企圖，達西先生最後要她去問問威廉上校每一個細節，看看是否真有其事。她一度真的就要前去問他了，但一想到不知會有多彆扭，於是暫且打消此念頭。隨即她又想到，如果達西先生沒有把握他表弟的話會和他一致，那他就不會提出這樣一個建議了，果然聰明。

她跟威肯先生第一次見面的情景，到現在還栩栩如生的在她腦海裡。只是她突然想到他跟一個陌生女孩講這些話有多唐突，便埋怨起自己當時怎麼這麼疏忽。仔細想想他那樣的自我稱許，是多麼言行不符啊。她想起他曾經誇說自己並非怕看到達西先生，又說達西先生要走請便，他是絕不會離開此地的。然而，隔週在尼瑟菲德莊園開舞會時，他竟缺席了。她也記得在尼瑟菲德莊園那戶人家還沒有搬走以前，他從未跟別人談起自己的身世，可是那戶人家一搬走，這件事就人盡皆知了。雖然他曾經向她表示過，為了尊重老達西先生，他總是不忍揭露那位少爺的瘡疤，可是他畢竟還是肆無忌憚、語無保留的破壞達西先生的人格。

舉凡有關他的事情，怎麼轉眼就這樣前後懸殊了呢！他向那位有錢小姐獻慇懃的事，如今看來，根本就是以錢為出發點嘛，可惡極了。對方的錢也許不多，但這並不能表示他的欲望就不高，只能證實他見錢眼開。只怪自己不小心，竟讓他看出了自己對他有好感。

莉琪開始覺得他一無可取，想起當初琴恩向賓利先生問起這事時，賓利先生說，達西先生在這件事情上幾無任何過失可言，令她又更覺得達西先生言之有理。儘管達西的態度傲慢可厭，可是她從來沒有見過他有什麼品行不良的地方。他的親友都很尊敬他，威肯也承認他不愧為一個好兄長。她還常聽到達西疼愛的說起自己的妹妹，這代表了他總有一分親切的情感。假如達西的所作所為真如威肯所說的那麼糟糕，那他一定很難掩盡所有人的耳目。她越想越慚愧，不論想到達西或是威肯，她總覺得自己太盲目、太偏狹，而且太不通情理了。

她不禁叫道：「丟臉啊！我向來以有知人之明為傲！為了滿足自己莫名的虛榮心，總是喜歡天馬行空的無端猜忌，羞恥啊！活該啊！即使我真的愛上了人家，也不應盲目至此。但我的真正愚蠢，並不是在愛情方面，而是虛榮心。他們一個喜歡我，我就高興，另一個怠慢我，我就生氣，被沖昏了頭才會造成我的偏見和無知，天啊，我是怎麼一回事啊？」

她從自己想到琴恩，又從琴恩想到了賓利，但達西先生對這事的始末仍說明得不夠，於是她又把信讀了一遍。第二遍效果就完全不同了。既然某些事情不得不信任他，那其他的又怎能不信任他呢？他說他完全沒想到琴恩對賓利先生有好感，這讓她想起了從前夏露蒂的看法。她實在不能否認他的確把琴恩形容的很貼切。她覺得琴恩雖然情意熾熱，可是表面上卻不露痕跡，她泰然自若的神情，實在沒有多少人可以看出她的善感多愁。

當她讀到他提起她家人的那一段時，措辭固然傷人，但沒有一句話言過其實，這使得她越覺慚愧難當。至於他對她和姐姐的讚美，她聽了倒是滿舒服的，但也並沒有因此而備感安慰，因為其他家人的不爭氣，招來他的責難，這都是不能從恭維得到補償的。她也想到，她們的優點必然會因為其他家人的行為失檢而受到連累，不想還好，一想到她就更沮喪。

沿著小路走了兩個鐘頭，許多事情都重新整理了一番，這一次的突變，實在攸關緊要，她務必盡可能面對事實。她覺得累了，想到出來已久，也應該回去了。希望待會兒走進屋子的時候，臉色能像平常一樣輕鬆愉快，免得被人瞧出異樣。

回到屋裡，別人告訴她，在她外出的時候，羅琴茲的兩位男士來看過她。莉琪雖然表現出很遺憾的樣子，內心卻很慶幸沒有見到他們。因為她心中掛念的只有那封信。

告別

兩位先生翌日早上就離開了羅琴茲。寇林斯替他們送行後，帶來了凱瑟琳夫人的口信，邀請他們全家前去和她一起吃飯，以遣寂寞。

莉琪看到凱瑟琳夫人，不免想起：要是當初自己答應達西的求婚，那麼現在不是已成了夫人還沒過門的姪媳婦了？一想到夫人屆時憤怒的神情，她就不禁覺得好笑。

凱瑟琳夫人說：「沒有人能體會我現在的傷心。我喜歡這兩個年輕人，我相信他們也是。尤其那位可愛的上校直到走之前才算打起了精神。達西看來最難過，比去年看來還難受。」

吃過飯以後，凱瑟琳夫人看到班奈特小姐好像若有所思，於是說道：「妳要是不想回去的話，就寫封信給妳媽媽，請她讓妳在這兒多待幾天吧。」

莉琪回答道：「這怎麼好意思呢。我下星期六一定要到倫敦去。」

「唉，我本來希望妳待上兩個月的。」

「可是我爸爸不會答應的。他老早就寫信來催我了。」

「只要媽媽答應了，爸爸自然會答應的。我六月初也要去倫敦一個禮拜，如果妳能再住一個月，我就可以順便把妳們兩個都帶去。」

「妳真是太好了，夫人，可惜我們仍然要按照原定計畫進行。」

凱瑟琳夫人於是說道：「寇林斯太太，妳務必要找一個僕人送送她們。」

「我舅舅會派人來接我們。」

「噢，妳舅舅！他有男僕人嗎？那真是太好了，總算有人想到這些事。」

提到這次旅程，凱瑟琳夫人還有許多話要問，因此必須注意的聽。莉琪覺得這是她運氣好，否則像她這樣心事重重，遲早會被人看出來的。有心事應該等到一個人的時候再去想，每當她一個人獨處時，她就百轉千迴的想個痛快。

達西的信，她幾乎可以倒背如流了，甚至把每句話都反覆研究過，她對他的感情，忽冷忽熱，想起他那信的口吻，到現在還是有無法言喻的氣憤，可是只要一想到自己以前是怎麼錯怪他，她的氣就轉移到自己身上來了。他那沮喪的表情反而勾起了她的同情，他的愛慕引起了她內心的感激，他的個性令她由衷尊敬。可是，她就是無法對他產生好感，她拒絕他以後，從來不曾感到後悔。她為自己過去的行為感到悔恨，家裡種種天生的缺陷更是令她苦悶，這些缺陷都是無法補救的。她的父親只會一笑置之，懶得去管他那幾個小女兒的輕佻舉止；至於她母親，她本身就已經夠不端莊了，當然更不可能自覺這種行為是如此惹人厭惡。莉琪常常和琴恩合力約束凱蒂和麗迪雅的冒失，可是，母親總是那麼縱容她們，所以，又怎能奢望她們會有什麼改進呢？凱蒂意志薄弱，心浮氣躁，完全聽從麗迪雅指揮，一聽到琴恩和莉琪的規勸就動怒；麗迪雅則是固執任性、粗枝大葉，根本聽不進去她們的話。這兩個妹妹無知又懶惰，加上愛慕虛榮，只要梅里東來了一個軍官，她們就去勾引他，唉！

達西先生的說明固然使她對賓利先生恢復了以前的好感，但也更意識到琴恩所受的損失太大了。賓利對琴恩表現得一往情深，他不該受到責難的，如果真要指責的話，最多也只能怪他過分倚賴朋友了。而琴恩有了這樣理想的姻緣，卻因為家人的愚蠢失檢而使這個機會白白斷送了，這怎不令人覺得可惜呢！

每當想起這些事情，就會一併想起威肯品格的變質，於是像她那樣向來達觀的人，也變得連強顏歡笑也困難無比。

她臨走前的一個星期，羅琴茲的宴會還是像她們剛來時一樣一個接著一個。最後一個晚上仍舊在那兒度過，老夫人還仔細的問起她們這趟旅程的細節，指示她們該如何如何收拾行李，瑪麗亞聽完，一回去就把早已整理好的箱子整個倒出來，重新收拾一遍。

莉琪和瑪麗亞告別的時候，凱琳夫人祝她們一路平安，同時邀她們明年再來。

離開

星期六早餐時，莉琪和寇林斯先生在餐廳裡見面，他趕緊利用這個機會向她鄭重話別。「莉琪小姐，此次蒙妳光臨寒舍，我們真的非常感動。像妳這樣年輕的小姐，一定會覺得漢斯福特這種地方實在枯燥乏味。所以我們對妳感激不盡，並且竭盡心力使妳不至於興致缺缺，希望妳能明白。」

莉琪連聲道謝，說這次作客非常快活。寇林斯先生一聽此話，隨即笑容可掬的回答道：「知道妳沒有過得不開心，我頗為得意。幸虧高攀上羅琴茲大戶人家，使妳住在我們這種寒酸地方，還不至於太乏味。老實說，誰都可以和我們共享羅琴茲的盛情款待。」

他滿腔的興奮絕非言語所能描繪。莉琪用了幾句簡單的客套話來奉承他，他聽了更是高興得不得了。

「總而言之，我相信妳的密友並沒有看走眼——這我還是不說的好。且讓我由衷的誠懇祝福妳將來的婚姻也能同樣幸福美滿。我親愛的夏露蒂和我無論什麼事無不情投意合、心有靈犀。我們兩人可說是天生的一對。」

莉琪本來可以直說，他們兩人的確非常美滿，但話才說到一半，夏露蒂走了進來，有意無意打斷了她的話，這讓她倒不覺得有什麼遺憾，只是，唉！每天跟這樣的男人生活在一起，實在太難想像了。但這畢竟是她自己精挑細選的，怨不得人。她眼看客人就要走了，不免覺得落寞，可是她好像並不需要別人同情。

依依不捨的告別之後，就由寇林斯先生送莉琪上車，他一路拜託她回去代他向她全家問安。正當車門快要關上時，他突然神色慌張的提醒她，她們忘了給羅琴茲的太太小姐留言幾句呢。

莉琪不表反對，車門一關，馬車就啟動了。

沉默了沒多久，瑪麗亞嚷道：「我們好像才來沒幾天，怎麼好像發生了好多事情！」

「還真是不少。」

「我們一共在羅琴茲吃了九次飯，喝了兩次茶！我回去有多少事要講啊！」

莉琪心裡則回說：「可是我回去有多少事要瞞著不講啊！」

離開漢斯福特不到四個鐘頭，就到了嘉弟納先生家裡。

莉琪看到琴恩氣色很好，只可惜沒有太多機會觀察她的心情是不是也同樣的好，好在琴恩就要跟她一塊兒回去了，到時再仔細觀察吧。

不過，她實在沒辦法等到回家以後，再把達西先生求婚的事告訴琴恩，費了好大的勁兒她才忍了下來。她知道她有辦法說得讓琴恩花容失色，並且還能滿足自己一種無法形容的虛榮心，只是還拿不定主意要如何跟琴恩開口，怕一觸及這個問題，就避免不了要扯到賓利身上去，這不是又會使她姐姐更加難過了嗎？

回家

三位年輕小姐一到哈德福郡那兒就看到凱蒂和麗迪雅在樓上的餐廳裡望著她們，她們已經在那兒待了一個多小時。

她們熱烈歡迎了兩位姐姐之後，麗迪雅說：「我們很想請客，可是妳們必須出錢，因為我們的錢都花在那家帽子店了。」跟著，她就把買來的那些東西拿給她們看，「瞧，這就是我買的帽子。其實並不是很漂亮，可是我想，買一頂也好啦。」

姐姐都嫌她這頂帽子實在不怎麼樣，她卻無所謂的說：「噢，那家店裡還有好幾頂比這頂還要難看的呢。再說，民兵團再兩星期就要撤走了，他們一離開梅里東，整個夏天要怎麼打扮都無關緊要了。」

「他們要撤離了？」莉琪非常興奮的叫嚷。

「他們要駐紮到布拉東。真希望爸爸能帶我們到那兒去避暑！不然這個夏天多無聊呀！」

大家坐定以後，麗迪雅說：「我有個消息要告訴大家，妳們猜猜是什麼？是有關一個我們大家都喜歡的人哦。」

琴恩和莉琪面面相覷，於是麗迪雅微笑說：「仔細聽哦，這是關於那個可愛的威肯的事，威肯再也不會有和別人結婚的危險了——那有錢的女孩到她利物浦的叔叔那兒去了——而且一去不回，威肯安全囉。」

「應該說那個女孩安全了！」莉琪接著說：「她總算逃過了一次危險的婚姻。」

「要是她喜歡他而又走開，那才叫大笨蛋呢。」

「但願他們的感情還不會太深。」琴恩說。

「我相信他對她的感情是不會深到什麼程度的。」

「我敢保證，他根本就不曾把她放在心上。誰會看上一個滿臉雀班的女孩？」

莉琪心想，她自己固然不會有這樣粗鄙的談吐，可是這種膚淺的見地，不是和她以前執迷不悟的成見一模一樣嗎？想到這，她不禁怔愣。

經過一番折騰，幾位小姐，加上各人的箱子、針線袋、包裹，以及凱蒂和麗迪雅所買的那些不甚討喜的東西，總算都放上了馬車。

「我們這樣擠在一起，真好玩哩！」麗迪雅叫道：「說一說妳們離家以後發生了哪些事？有沒有見到合適的男人？跟人家勾搭上了沒？真希望妳們哪位能帶著丈夫回來呢。我說大姐馬上就要變成老處女了。都快二十三歲啦！天哪！我要是不能在二十三歲以前嫁出去，那多丟臉啊！菲利普姨媽要妳們趕快找個丈夫。妳們一定沒想到吧，她說，二姐要是嫁給寇林斯先生就好了，唉，真希望比妳們誰都先結婚！那我就可以帶妳們去各式各樣的舞會了。」

莉琪盡量不去聽她們的對談，但是總免不了聽到幾次威肯的名字。

回到家後，班奈特太太看到琴恩容光煥發，十分欣慰。吃飯時，班奈特先生不由自主的跟莉琪說：「妳回來了，我很高興，莉琪。」

餐廳裡人很多，魯卡斯府上全都來接瑪麗亞，魯卡斯太太隔著桌子向瑪麗亞問起夏露蒂近況如何。班奈特太太更是忙碌，因為琴恩就坐在她身邊，她不斷的向她打聽一些流行的風尚，然後再說給魯卡斯家幾位年輕女孩聽。

到了下午，麗迪雅硬是要姐姐們陪她上梅里東去看看那兒的朋友，可是莉琪執意反對，為的是不想讓別人說閒話，說班奈特家的女孩個個在家裡待不住，只會倒追軍官。她之所以反對，還有另一個理由，那就是她已經下定決心，能夠和威肯不見面就盡量不見面。

回到家沒多久，莉琪就發覺爸媽在討論去布拉東玩的事，莉琪看出她父親並不怎麼願意，不過他的反應卻是模稜兩可，所以母親雖然平常老是碰釘子，但這一次卻怎麼也不死心，希望最後能如願以償。

傾訴

莉琪再也按捺不住了，於是她決定把有關姐姐的部分省略，第二天一早就把達西先生向她求婚的種種，去蕪存菁的說出來。她當然也知道琴恩聽了以後，一定會感到驚愕不已。

琴恩跟莉琪姐妹情深，覺得自己妹妹被任何人愛上都是應該的，因此最初雖然吃了一驚，稍後就覺得不足為奇了。她替達西先生感到可惜，他實在不該用那樣的方式來傾訴衷曲的，但她更難過的是，她妹妹這樣的拒絕會造成他多大的難堪啊。

「唉，他至少不要讓妳看出這種態度嘛。可是，妳這樣一來又不知會令他多失望啊。」

莉琪回答道：「我也很替他難過，可是，他既然還有那麼多顧慮，可見他對我的好感可能不久就會一絲不存。妳總該不會怪我拒絕了他吧？」

「怪妳？噢，不會的。」

「可是我那樣幫威肯說話，妳會怪我嗎？」

「不會啦。」

「等我把第二天的事告訴妳，妳就會知道了。」

於是她把有關威肯的部分，字字不漏都講了出來。可憐的琴恩，即使遍歷人情世故，也不會相信世上竟有這麼多罪惡，而這些罪惡竟都集中在一個人身上。她很想試著說明這件事可能與事實有所出入，進而洗清這一個可能的誤會，但又不願教另一方因而受到委屈。

莉琪說：「他們兩個人一共有那麼些優點，才勉強稱得上成為一個好人的標準，而這些優點又在兩人之間擺蕩，對我來說，我比較相信達西先生。」

過了好一會兒，琴恩才苦笑了一下。「威肯原來這樣壞啊！達西先生也真是可憐！親愛的莉琪，妳想想，他會多麼痛苦，而且他又知道妳瞧不起他，甚至不得不把自己妹妹的私事都講出來！」

「知道嗎，妳的感情大方造成了我的感情吝嗇，要是妳再為他惋惜，我就要輕鬆得起飛了。」

「可憐的威肯！他是那麼善良，那麼文雅。」

「他們一個優點潛藏其內，一個優點暴露在外。」

「莉琪，妳第一遍看那封信時，我相信妳對這件事的看法一定和現在有所不同。」

「當然，我當時好難過，可以說是相當不快樂。我百感交集，但找不到人可以傾訴，也沒有個琴恩來安慰我說我並不像自己所想像的那樣懦弱、虛妄和荒謬！噢，我真的不能沒有妳啊！」

「妳在達西先生面前提到威肯時，語氣那麼強硬，真是糟糕啊！現在回想起來，那些話還真是不得體。」

「一點也沒錯。我不應該說得那麼毒，但我老早心存偏見了，又怎能不這樣呢？有件事我想問妳，妳說我應不應該把威肯的惡行說出去，讓所有的人都知道呢？」

琴恩想了一會兒，「用不著讓他這樣難堪吧，妳說呢？」

「我也覺得不必。達西先生並沒有允許我把他所說的話對外張揚。他還吩咐我說，凡是有關他妹妹的事，都要盡可能保守祕密。說到威肯不為人所知的事情，現在即使我怎麼對人家苦口婆心說實話，又有誰會相信？大家都對達西先生已經存有那麼深的成見了，是別人對他產生好感，相信沒幾個會願意。」

「對，揭發他的錯誤，可能就會終結了他的未來。也許他現在已經心存悔意，重新做人了也說不定。得饒人處且饒人。」

經過這番對談以後，莉琪的心情平靜了許多。她不敢談到達西先生那封信的另一部分，也不敢向姐姐明說：賓利先生對姐姐是多麼的情深意重。她認為一定得把所有的情況都弄明白了才能表白，不然怎麼說都不妥。

回到家，她總算有機會來觀察姐姐的心情了。琴恩並不很快樂，她對賓利仍然未能忘懷。她之前甚至大概也沒有想到自己會對他鍾情吧，因此她的所有情意竟像初戀那樣熾烈，加上她的年齡和品格的關係，比一般初戀的人還要堅貞不移。她癡情的企望他能記得她，她把他看得比任何別人都來得重要。多虧她是個識時務的女孩，看出了他的朋友的意思，這才沒有自尋煩惱，否則一定會毀了她的內外身心。

有一天，班奈特太太說：「莉琪，妳對琴恩這件傷心的事有什麼看法呢？我那天就跟妳們的妹妹說過，我知道琴恩在倫敦連個鬼影子也沒有見到，哼，他根本不是個值得投入愛意的人，我看妳姐姐這輩子都別想嫁給他了。」

「我看他不管怎樣都不會再住在尼瑟菲德莊園的。」

「管他呢。又沒有人要他來，我只是覺得他太辜負我的女兒了。如果我是琴恩的話，我才受不了這種窩囊氣呢。」

莉琪沒有吭聲，因為這種不切實際的期望，並不能使她得到什麼慰藉。

她母親又說：「這麼說，莉琪，寇林斯先生夫婦倆的日子過得還不錯囉？好，很好，非常好，我但願他們天長地久。他們每天吃的怎麼樣？夏露蒂一定是個出色的管家婆，她只要有她媽媽一半精明，就夠省的了，他們的生活絕不會有什麼浪費的。」

「妳沒猜錯。」

「他們一定把家弄得非常好。姑且讓上帝保祐他們吧！我猜想，他們一定常常談到你父親去世後要來接收朗波因的事。等到這一天，我看他們還真會把它看作是自己的財產呢。」

「這件事，他們當然不會當著我的面提。」

「當然不會，要是提了，那才離譜呢。但我相信，他們私下一定常常忍不住討論。」

偽裝

過了這星期，駐紮在梅里東的民兵團就要離開了，附近的年輕女孩都很沮喪，只有班奈特家的兩位大小姐起居正常，而凱蒂和麗迪雅則傷心到了極點，並不由得埋怨起兩位姐姐冷漠無情。

她們悲痛的嚷道：「我們該怎麼活下去啊？妳還笑得出來，二姐？」

班奈特太太也跟她們一起傷心，回想二十五年，她也是為了同樣的事情而陷入空前的低潮。「要是我們能去布拉東一趟，那該有多好！」班奈特太太說。

「就是說嘛——可是爸爸偏要反對。」班奈特一家的兩位小姐，就這樣無止盡的長吁短嘆。莉琪很想嘲笑她們一下，但一股莫名的羞恥心打消了她所有的樂趣。達西先生一點也沒冤枉她們，他說的全是事實，難怪他要阻止他朋友和琴恩進一步發展。

但麗迪雅的憂傷沒多久就消失了，因為佛斯特團長的太太邀她前去布拉東。麗迪雅和班奈特太太非常喜出望外，而凱蒂卻很失意，這些就不用說了。麗迪雅根本就沒有注意到姐姐的心情，她只顧自己高興，被冷落的凱蒂卻只能在客廳一角怨天尤人。

「我不明白佛斯特太太為什麼沒叫我去，」她說：「照說我比她還大呀。」

莉琪說道理給她聽，琴恩也勸她不必動怒，但她都聽不進去。莉琪只覺得麗迪雅縱然已夠糊塗了，但這一去可以說更是完全毀了。於是只得暗示父親不許麗迪雅去，她把麗迪雅平日失檢的地方都告訴父親，父親用心聽完，然後說道：「她這麼想去出醜，既不必花家裡的錢，又省得家裡麻煩，難得有這樣的機會嘛。」

莉琪說：「麗迪雅輕浮慣了，一定又會引起騷動，會拖累我們其他姐妹。」

「拖累？」父親重複了一遍，「此話怎講，難不成她把妳們的情人都嚇跑了？我的小莉琪呀，不用這麼多愁善感，那些動不動就被閒言閒語影響的小伙子，不值得妳這樣惋惜。」

「你誤會了，我不是因為吃了虧才來抱怨，我也不知道我究竟要表達些什麼，只是覺得麗迪雅這種沒大沒小的性格，總有一天會破壞我們的家族聲譽。我的好爸爸，你得想辦法管教管教她呀，不能讓她一輩子都這樣到處追逐。她才十六歲，就已經成了一個標準的浪蕩女，到處惹人笑話，她只不過仗著年紀輕，略有幾分美色，此外就什麼都沒有了。她愚蠢無知、腦袋空空，只知道去博得別人的好感，結果只換來別人的輕蔑；現在，凱蒂也面臨同樣的危險。麗迪雅要她幹嘛她就幹嘛，根本就像個沒家教的小孩！我的好爸爸，難道你不這樣認為嗎？」

班奈特先生眼見她心急了起來，就和藹的握住她的手說：「我的寶貝，妳和琴恩走到哪裡，人家都會敬重喜歡妳們的。妳們絕不會因為有了這兩個——甚至三個傻妹妹，就喪失了該有的體面。這次如果不讓麗迪雅到布拉東去，我們家恐怕就永無寧日了。布拉東跟這兒不一樣，她即使再風騷浪蕩，也仍然不夠資格，那些軍官們會找到更出色的對象，就讓她得到教訓吧。因為我們再怎樣也不能把她關在家裡一輩子吧。」

莉琪聽到父親這樣的見解，只好鬱鬱寡歡的走開了。她相信自己已盡了該盡的責任，至於要她為那些終將無法避免的不幸而憂愁或焦慮，她可做不到。

如果麗迪雅知道她跟父親談了這些，一定會氣炸了，在麗迪雅的想像中，只要到了布拉東即能擁有人間至上的幸福。她夢想著那兒到處都擠滿了軍官，幾十個甚至幾百個素昧平生的軍官都爭著對她大獻慇懃，自己可以一口氣同時對著好幾個軍官淋漓盡致的賣弄風情……

莉琪自回家以後，已經見過威肯先生好幾次，她為了之前對他曾有過情意而心虛不安，好在現在這種情緒已然逝如煙雲。他曾以風度翩翩博取過她的芳心，現在她看出了他虛偽的一面而深覺厭惡。他表達出要跟她重拾舊歡的意思，卻不知經過了那一番波折冷暖之後，如今卻只會使她灰心和生氣。她一想到要跟她墜入愛河的這個人，竟是一個無所事事的輕薄男子，就不免心寒意冷，而他居然還自以為只要能讓他重來一遍，就一定能夠滿足她的虛榮，再獲得她的歡心，也不管這其間空白了多久。

民兵團撤離梅里東的前一天，他問起莉琪在漢斯福特好不好？莉琪為了氣他，就順勢提起威廉上校和達西先生，還問他認不認識費茲·威廉這個人？

只見他頓時臉色大變，好一會兒後才笑笑的說，以前常常見面的。他說威廉上校是個很有紳士風度的人，又問她喜不喜歡他？她熱情洋溢的回他說，喜歡得很呢。他馬上用一種滿不在乎的態度說道：「妳剛剛說他在羅琴茲停留了多久？」

「有三個星期哦。」

「你們常常見面嗎?」

「幾乎每天。」

「他和他表哥完全兩個樣。」

「的確,可是我想,達西先生只要跟人家相處熟了也就好了。」

只見威肯再度露出吃驚的表情,「哦,是嗎?我可否請問妳——」他控制了一下自己的節奏,把說話的口吻變得愉悅些,「他跟人說話的語氣是否好了些?他比以前有禮貌嗎?我實在不敢想像他——」他把聲音壓低,變得有些嚴肅,「想像他變好的樣子。」

「哦,」莉琪說:「但我相信他的本質還是跟過去一樣呀。」

威肯聽到這話,不知是該高興還是該懷疑,心中充滿了揮之不去的焦慮和恐慌。

莉琪接著又說:「我所謂達西先生跟人家處熟了也就好了,並不是說他的思考邏輯和處世態度會變什麼的,而是說,你同他相處越久,你就越能了解他的真正個性。」

威肯這下真的緊張起來,漲紅著一張臉,沉默了半晌以後,才想到要藏起那股窘樣,轉身用最溫柔的聲調對她說:「我擔心他雖然是收斂了一些,但只是為了要在他姨媽面前做做樣子罷了,好讓他姨媽說幾句讚美他的話。我很清楚,每當他在他姨媽跟前時,總是戰戰兢兢,力求表現,這還不是為了想和德•包爾小姐結婚。我敢打賭,這是他念茲在茲的唯一大事。」

莉琪聽到這話,不禁一笑,她只會意的點了一下頭,並沒有作聲回答。她知道他又在打鬼主意,想在她面前重施故技。這個晚上就這樣過去了,他外表還是佯裝得跟平常一樣開朗,可是並沒有打算再奉承莉琪。最後他倆客客氣氣的告別，也許彼此都希望永遠不再見面了。

隨後，麗迪雅就跟佛斯特太太回梅里東去。麗迪雅和家人分別時，與其說當時的場面離情依依，還不如說是快樂似神仙。只有凱蒂流了不少眼淚，可是她的哭泣卻是出於煩惱和嫉妒。班奈特太太再三叮嚀自己女兒好好去散散心，盡情去玩個夠，只見麗迪雅得意忘形的對家裡的人再見喊得好大聲。

旅程

如果要莉琪以自己的家庭為例，來說明何謂幸福的婚姻，那她一定沒什麼好說的。因為她父親當年就是貪戀所謂的年輕貌美，娶了一個腦袋無物、心眼又小的女人，結婚不久就對太太沒有情愛可言了，更別提夫妻兩人之間還有什麼相敬如賓。換成別人，若是因為自己的衝動而自作自受的話，通常會以荒唐的逸樂來縱溺自己，可是班奈特先生卻不興這一套。他喜愛田園風光，更喜歡以讀書自娛，說到自己太太，除了她的無知愚蠢可供他開心取笑之外，他對她幾乎再也沒有別的恩情了。

莉琪並不是不知道父親的缺點在哪兒，可是她敬重他的才能，感激他對自己的偏愛，因此，原本無法忽略的地方，她也盡可能睜一隻眼、閉一隻眼，就算他們老夫老妻相處的情形每下愈況，她也盡量不去想起。但是，不幸的婚姻帶給兒女們的不好影響，她從前絕沒像現在體驗得這般深刻；再說，父親的才能用錯方向因而造成的害處，這一點她也從來沒像現在這般看得透徹。要是父親的學養運用得當，即使不能擴展母親的見識，至少也可以維護班奈特一家的體面吧。

威肯走了，民兵團也走了，接下來的宴會不再像以前那樣好玩了，家裡成天只聽到母親和妹妹抱怨生活的乏味。凱蒂還好，不久就恢復平靜了，可是另外一個妹妹，天性本就浮躁，加上現在又在外頭，天高皇帝遠，自然什麼大膽的事都做得出來。唉，她發覺，其實以前就發覺到，往往辛苦盼望的一件事，等真正來到時，常常不如預期的那樣教人滿意。因此她不得不把真正的幸福寄望於將來，期望能找些別的東西來寄託她的理想和心願，在期待的想像心情中自我陶醉一番，然後準備再遭受一次失望。她現在最值得等待的是不久就可到湖區去旅行了，反正母親和凱蒂成天吵得全家上下不安寧，一想到可以出門當然就開心囉。

她心裡又想：「老天有眼，我總算還可以有些指望。假使每件事都那麼順利完美，我反而可能要失望了。姐姐不能同去，當然遺憾，不過反而使我存了一分希望，因為這樣我所期待的愉快也可能實現。人算不如天算，世事不如意十之八九，只有稍帶幾分苦惱，才不會全然失望。」

麗迪雅臨出發時曾答應會常常給母親和凱蒂寫信，可是她走了以後，家裡總是得等上好久才接得到她一封寥寥數字的信。

她走了兩、三個星期以後，朗波因再度恢復了往昔的愉快歡樂。到倫敦過冬的人都回來了，大家紛紛穿起了夏天的新裝，到處是屬於夏天的約會。班奈特太太又像平常一樣動輒發起牢騷。凱蒂也恢復了昔日常態，到梅里東去時已經不掉眼淚了。

距離出發旅行的日期將近，怎知這時嘉弟納太太卻寄來一封信，說嘉弟納先生臨時有事，必須延後到七月才能動身，又因為他只有一個月空檔就得趕回倫敦，所以，不能照原來的行程做長途旅遊了。

這封信當然使莉琪非常失望。她本來一心想去觀賞整個大湖區風光，只不過，她本就沒有資格可以反對什麼，好在她的心境一向灑脫，所以不一會兒，就不再放在心上了。

四個星期很快過去了，嘉弟納夫婦終於帶著四個孩子來到朗波因。孩子們都要留在班奈特家，由表姐琴恩照顧，因為他們都好喜歡琴恩，琴恩什麼都好，無論是教孩子們功課或跟他們一起遊戲，都再適合不過了。

嘉弟納夫婦只在朗波因住了一晚，隔天一大早就帶著莉琪旅行去了。同行的旅伴個個身心健康，這實在太稱心如意了。而且他們感情都很豐富，人又聰明，即使碰到了什麼掃興的事，仍然可以一團和氣，自得其樂。

有個名叫拉姆東的小鎮，嘉弟納夫婦從前在那兒住過，聽說還有些熟人仍住在那邊，於是順便繞到那兒看看。莉琪聽舅媽說，距離五哩遠的地方就是培姆巴里，雖然不是必經之處，可是也不會費太多事。嘉弟納太太說想再到那邊看看，嘉弟納先生也欣然同意，於是他們便徵求莉琪的意見。

舅媽說：「親愛的，那正是妳久仰大名的地方，願意去瞧瞧嗎?妳的許多朋友都跟那地方有淵源。威肯的童年就是在那兒度過的，這妳是知道的。」

莉琪這下糗了，只得說不想去。她說各式名門華廈已經看得夠多了，再去瀏覽只是白花時間。

嘉弟納太太罵她呆，「要是只有富麗堂皇的建築物，我也不會想去，可是那兒的樹林堪稱全國最美哦。」

莉琪不作聲了，她直覺想到如果真去欣賞風景，說不定會碰上達西先生，那才糟糕呢！她羞紅了臉，想想還不如把事情始末跟舅媽說個明白，免得要擔如此大的風險。但這也不太好，於是她決定先去打聽一下達西先生家裡有沒有人，如果有人，那她再來用這最後一招也不遲。

晚上就寢時，她向女僕打聽培姆巴里這個地方、主人是什麼來頭，又心驚膽戰的問起主人要不要回來避暑。不料竟得到了她求之不得的答案：他們不回來。她現在大可不用再擔心什麼了，同時她也產生了莫名的好奇心，想親眼一睹那棟房子。第二天早上舅媽又來詢問她考慮的結果，她立刻爽快回答說，她很贊成這個計畫，於是她們就決定上培姆巴里去了。

神馳

培姆巴里的樹林出現在眼前時，莉琪的心也開始慌亂了起來。

莉琪百感交集，無心開口，她從來不曾看過有哪個地方的自然之美能像這兒一樣原始而世俗不沾。大家都讚不絕口，莉琪不禁想到：能在這裡當個女主人也不錯。

他們下了山坡，來到大廈門前，管家奶奶已在那兒恭候多時，他們跟著她走進屋內，只見每一間都典雅迷人，各有千秋，家具的陳設亦和主人的身價十分相稱，既不俗氣也不奢華，跟羅琴茲比起來，也許豪華不足，但絕對風雅有餘。

莉琪想：「我差一點就成了這兒的女主人呢！那麼，我就不必以客人的身分來這參觀了，還可當它是自己的住宅來享用，把舅父他們當貴賓一樣歡迎，可是……」她旋即想起，「那根本是不可能的，那時候我就見不到舅父母了，因為達西絕不會允許我邀請他們。」

好在她想起了這一點，這才沒有後悔自己當初所做的決定。

她本想問問管家奶奶，主人是否真的不在家，可是不敢，多虧舅父代她問了這句話，只聽見老奶奶回答，他的確不在家，「可是他明天會回家。」莉琪聽了不禁暗喜，幸虧他們早一天到這兒來。

舅媽叫她去看一張畫像，走近一看，原來那是威肯的肖像，舅媽笑咪咪問她好不好看。管家奶奶走過來說，畫裡的年輕人是老主人的賬房的兒子，是老主人一手把他拉拔長大的。「他現在到部隊去了，我怕他早已變得更放蕩不羈了。」

嘉弟納太太聽後笑吟吟的對她外甥女看了一眼，但莉琪怎麼也笑不出來。

老奶奶指著另外一張畫像說：「這就是我的小主人，簡直栩栩如生。」

舅媽說：「我常聽人說，妳家的主人一表人才，看來他的確是很英俊。莉琪，妳說是不是？」

「原來這位小姐認識達西先生？」

莉琪臉一下全紅了，只得勉強說：「不太熟。」

「妳覺得他英俊嗎？小姐。」

「嗯，很英俊。」

管家奶奶接著又指給她們看達西小姐的畫像。

「達西小姐也像她哥哥一樣眉清目秀嗎？」嘉弟納先生問道。

「噢，那還用說——從來沒見過這樣漂亮的小姐，而且還那麼多才多藝！」

看樣子，她好像非常喜歡談到她主人家兩兄妹，也許是她以他們為傲，或者是因為和他們交情深厚吧。

「要是妳主人結了婚，妳見到他的時間是否就會比現在多些了？」嘉弟納先生問。

「當然，先生，但我不知道這事幾時才能如願。我也不知道哪家小姐才配得上他。」

嘉弟納夫婦都笑了。莉琪不由得說：「妳真是太捧他了。」

管家奶奶說：「我說的都是真話，認識他的人都這樣說他。我這一輩子還沒聽他說過一句重話呢。打從他四歲，我就跟他在一起了。」莉琪在一旁聽得驚奇不已。

這句褒獎的話實在令她難以想像。因為她早已認為達西是個不好伺候的人，現在乍聽此話，讓她不由得想再多聽一些。幸好她舅舅又開口說道：「當得起這樣讚美的人，實在不多。妳運氣真好，能碰到這樣一個好主人。」

「沒錯，先生，我知道再也不可能碰到一個更好的主人了。他從小就是個有度量的孩子。」

莉琪不禁瞪著眼看她，心裡想：「是嗎？」

「老達西先生是個了不起的人。」嘉弟納太太說。

「太太，妳說得一點也沒錯，他的確是個了不起的人。他的兒子跟他一模一樣——也是那樣照顧所有窮苦人家。」

莉琪先是奇怪，後是懷疑，越混淆越想再多聽一些。

「他是個開朗的莊主，」她說：「不像時下一般狂妄的年輕人，滿腦子只會為自己打算，沒有一個佃戶或僕人不稱讚他的。或許有人說他傲慢，但我從來都沒有這樣的感覺，我想，他也許只是不像一般人那樣愛說話罷了。」

管家奶奶帶他們走進一間華麗的起居室，那是專為達西小姐布置的。

「他真的是一個好哥哥。」莉琪一面說，一面走到一扇窗戶前。

「他一向都這樣，凡是能使妹妹高興的事情，他每一件都照辦。」

畫室裡都是達西家族的畫像，莉琪一心要找一個人的畫像。她終於看到了有一張非常像達西先生，只見他的笑容一如他從前看她時的笑容。她在這幅畫像前望得幾乎出了神，臨出畫室，又走回去看了一下。

莉琪不禁對畫裡的人產生了親切感，一種從前沒有的好感，實在不應該小看老奶奶對她主人的稱讚。什麼樣的讚美會比一個下人的讚美來得更珍貴呢？他無論是做為一個兄長、一個莊主、一個主人，操縱著多少人的幸福，他都是那麼出色而善良。管家奶奶所說的每件事，都足以證明他品格優良。她站在他的畫像前，只覺得他的雙眼在盯著她看，她想起了他對她的鍾情，忽然一陣不曾有過的感激之情油然而生，她一想起他當時的殷切，也就無心再去計較他求愛的冒失了。

參觀完後，他們穿過草坪，走向河邊，莉琪忽然看到這屋子的主人從一條大路上走了過來。他們只相隔了約二十碼，就在剎那間，四隻眼睛相遇，兩個人都漲紅了臉。只見主人震驚之餘，竟愣在那兒好久不動，但他很快恢復正常，來到他們面前跟莉琪問好，語氣雖顯失常，至少還十分有禮貌。

莉琪含羞帶窘的接受他的問候，而舅父母他們還認不出他是畫裡的人，但看看那個園丁望見主人突然歸來而驚喜萬狀的樣子，恐怕也明白一、二了。他問候她家人平安，她卻不敢抬頭望他一眼，甚至不知道自己回答了些什麼。

她深深覺得闖到這兒來被人發現，真是丟盡顏面，此時此刻竟成了她這輩子最難捱的一段光陰。而他也不見得比她從容，問的問題空洞無物，一再重複，足以說明他的心慌意亂亦不在話下。

最後他好像已經無話可說了，默默的呆立了幾分鐘，然後決定告退。

舅父母這才過來，說他的儀表很令他們仰慕。莉琪此刻滿懷心事，一個字也沒有聽進去，只是靜靜的跟著他們走。她真有說不出的羞愧和懊惱。她這次到這兒來，真是失算了。以他這樣傲慢的人，該會多恥笑這事！天哪，她為什麼要來？或者應該說，他怎麼就偏偏豈有此理的提早回來？

他的態度和從前完全不一樣——這是怎麼回事呢？他居然還會跟她說話，並且問候她的家人，他的轉變令她意外。上次他在羅琴茲莊園交給她那封信時，他那種措詞跟今天成了強烈的對比！她不知道該怎麼去想這件事才好。

他們走到河邊一條幽美的小徑上，眼前的風光秀麗非凡，舅父母沿途一再招呼莉琪欣賞美景，她雖然也隨口應允，可是心有旁騖，一心只想著某個角落，不管是哪一個角落，只要是達西先生現在待的那個地方。她想知道他這時候在想些什麼、他是怎樣看她的、他是否對她仍有好感？他也許是因為已經了無牽掛，所以對她特別客氣，可是聽他說話的聲調，又不像是那麼回事。她不知道他見了她是痛苦還是快樂。

後來舅父母怪她怎麼搞的，這才提醒了她，覺得應該裝裝樣子。莉琪很想循著曲徑去探幽一番，可是不善於走路的嘉弟納太太已經不行了，外甥女只好依她，大家抄近路向屋子那邊走。他們走得很慢，因為嘉弟納先生很喜歡約魚，這會兒看見常常有鱒魚跳出河面，於是跟園丁談魚談出了興趣，因此時常站著不動。令人吃驚的事又發生了，原來他們又看見達西先生向他們這邊走了過來，只見他像剛才一樣禮貌周到，於是她也有樣學樣開始稱讚起這裡的旖旎風光。可是她才開口說了沒幾句，就覺得哪裡不對勁，她想，她這樣極盡讚美，不是會讓人想歪了嗎？想到這，她又不禁酡紅了臉，默不出聲。

正當莉琪噤聲不語時，達西卻要求她能否介紹一下她這位親友。想當初他向她求婚時看不起她的親友，現在要求介紹的卻正是這些他原本看不上的親友，「要是他知道了這兩位是誰，不知他會不會當場腿軟！」

想歸想，她還是麼立刻介紹了雙方。她一面介紹一面偷偷看他，看他是不是會拔腿就跑，不過，他非但沒走開，還陪他們一塊兒走回去，並跟舅父聊了起來。能讓他知道她也有幾個拿得出來的親戚，真是令她安慰。幸虧他舅父的談吐舉止，無不顯示出他見識不凡，而且嗜好高雅、風度翩翩。

他們不久就談到釣魚，達西先生非常客氣的說，舅父既然住在附近，歡迎隨時來釣魚，同時又指給他看眼前這條河哪些地方魚最多。舅媽挽著莉琪的手，對她使了一個眼色，表示驚訝。莉琪沒說什麼，卻得意極了，因為他這番好意顯而易見都是為了討好她一個人。不過她還是有些訝異，不禁自問：「是什麼原因讓他變了呢？不見得是為了我吧？不見得是因為我在漢斯福特修理了他一頓，就讓他這樣脫胎換骨吧？他未必還愛著我。」

就這樣，兩個女的在前、兩個男的在後，走了好一會兒。後來因為嘉弟納太太實在是走累了，覺得莉琪的手臂支撐不住她的重量，還是決定挽著自己的丈夫走好些。於是達西先生就取代了她的位置，和她的外甥女並排走。兩人先是靜默了半晌，後來還是莉琪先開口說話。她想跟他解釋，這一次他們是事先打聽他不在家才到這兒來遊覽的，「管家奶奶告訴我們你明天才會回來。」他點點頭，並說因為要找賬房有事相商，所以比原定同來的人早來了幾個鐘頭。「他們明天一早就會來，賓利先生和他妹妹都會來。」

莉琪立刻回想起他們上一次提到賓利時的情形。她看他的臉就知道，此刻他心裡也在想上一回的情景。

接著他又說：「這些人當中，有個人尤其想認識妳，那就是舍妹安娜。我想趁妳還在拉姆東時，介紹她跟妳認識，不知道妳會不會覺得我太冒昧？」

這個要求真的使她受寵若驚，不知道該怎樣答應才妥，她猜想達西小姐之所以想認識她，也是出於他哥哥的意思。只要想到這，莉琪就深感榮幸。他雖然對她不滿，可是並沒有因此就真的對她充滿厭惡，莉琪覺得很是欣慰。

他們默不出聲的向前走，各有心事，這件事情太不合乎情理了，可是莉琪實在忍不住那分得意之情，他要把妹妹介紹給她，那真是給足了她面子。

他請她到屋內去坐一會兒，她說並不累，兩人就一起站在草坪上。她想說什麼，可是什麼也說不出來。然而時間過得也真是慢，舅媽更是走得慢，當嘉弟納夫婦終於趕上來時，達西先生再三請大家一塊兒進屋子裡，可是客人婉謝了，於是大家就很有禮貌的告辭道別。達西先生扶兩位女客上了車，直到馬車開動後，莉琪還目送他慢慢的走進屋去。

舅父說他的人品比他們所想像的好太多太多了，「他的舉止優雅，禮貌周到，根本沒有架子。」

舅媽說：「他不過是風度上稍微有一點高高在上的感覺罷了，還不至於讓人討厭啦。嗯，管家奶奶說得一點也不錯。」

「他竟那樣盛情的招待我們，真是太出乎意料之外了。這不是一般的客氣，而是真正的慇懃耶。其實他也用不著這樣慇懃嘛，他跟莉琪的交情還沒多深吧。」

舅媽說：「莉琪，他當然比不上威肯那麼俊美，也不像威肯那樣能說能笑，因為他的容貌那麼端莊。可是妳怎麼會跟我們說他討人厭呢？」

莉琪竭力為自己辯解，說她那次在肯特郡遇見他時，印象就已好轉，又說，她從來沒有看見過他像今天那樣的和藹可親。

舅父說：「不過，一個人如此慇懃客氣，也許靠不住，這些貴族大多如此。他請我常去釣魚，也許有一天他會忽然改變主意，不許我進他的莊園呢。」

莉琪知道他們完全扭曲了他的性格，可是並沒說出來。

嘉弟納太太接著說：「看他那樣，我還真想像不出，他竟會那樣沒良心的對待可憐的威肯。他看起來心地不壞嘛。他說起話來，表情很討人喜歡。他雖然有些威嚴，但也不至於因此就說他心腸不好吧。帶我們參觀的那個管家奶奶，倒還真把他的性格吹捧得近乎完人，有幾次我差點要笑出來了。」

莉琪聽到這裡，覺得應該替達西說幾句公道話才對，說他並沒有虧待威肯，於是她就小心翼翼的把事情的始末說給舅父母聽。她說，達西在肯特郡的一些親友曾告訴她，他的為人和人家所傳說的情形出入甚大。他絕不像別人所想像的那麼刻薄，威肯的為人也絕不像別人所想像的那麼厚道。接著，她又把他們兩人之間金錢往來的事情，原原本本講了出來，雖然沒有明指這話是誰講的，可是她直覺這些話甚為可靠。

這讓嘉弟納太太聽得既驚又憂，只是現在已經走到從前她最喜愛的那個地方，於是她所有的心思都暫擱一旁，完全沉醉在甜蜜的回憶裡。雖然一上午的步行令她甚感疲倦，可是一吃過飯，她又出門去拜訪所有老朋友。這一晚過得真快樂。

至於莉琪，白天所發生的事情對她來說實在太戲劇化了，她實在沒有心思去認識任何新朋友。她只是全心全意的在想，達西先生今天為什麼那樣禮貌？還有，他為什麼要把妹妹介紹給她呢？

轉變

莉琪跟舅父母到了拉姆東，和幾個新朋友到各處逛了一圈，剛剛回到旅館，忽然一陣馬車聲，只見一男一女坐著馬車從大街上往這裡來。莉琪立刻心裡有底，於是就告訴舅父，待會兒會有貴客光臨。舅父母霎時都非常驚訝，瞧她說起話來那麼困窘，再和昨天情景前後對照想想，馬上心領神會了。以前他們雖然被蒙在鼓裡，沒有看出達西先生對他們的外甥女有意思，可是他們幾乎已能確定就是這麼回事，否則他這般的慇懃就無法理解了。莉琪奇怪自己怎麼會這樣坐立難安。左思右想，越是焦急，怕的是達西先生因為愛她，會在他妹妹面前把她捧上天。她越想好好表現，就越擔心自己不能討人喜歡。

達西兄妹走進了旅館，大家相互介紹了彼此，莉琪看到達西小姐也和自己一樣有些不好意思，不禁頗感意外。傳說達西小姐為人一向傲慢，可是這會兒她相信她不過是有些羞怯畏縮罷了。

達西小姐雖然才十六歲，可是發育很好，儀態大方，謙和優雅。莉琪本以為她也像達西一樣尖酸刻薄，現在知道完全不是那麼回事。

達西先生告訴莉琪，賓利也要來問候她。她還未及反應，就聽見賓利先生上樓的腳步聲，不一會兒，他就進來了。莉琪即使本來餘怒未消，但看他這次來訪，情意真切，不愉快的念頭也都消退了。他親切的問候她全家人，他的言談舉止，跟從前一樣安詳愉快。

嘉弟納夫婦因為懷疑達西先生跟外甥女的關係，便忍不住偷偷的仔細觀察兩人的眼神，這讓他們更加確定兩人之中至少有一個已經陷入愛裡了。女方的心思雖然一時還模糊曖昧，可是男方這一邊顯然已是一往情深了。

莉琪既要知道在場每個賓客對她的觀感，還要確定自己又是怎麼看人家。她很怕不能博得大家的好感，可是事實證明她是杞人憂天，因為她注意的那些人，在沒來之前都已對她懷有好感。賓利存心要和她友好，安娜很想認識她，達西更是要討好她不可。

看到了賓利，她很想知道他是否同她一樣聯想到琴恩！她覺得他比從前沉默多了，這也許是她的幻想吧，不過有一件事卻無庸置疑，人家都說達西小姐是琴恩的情敵，其實賓利先生對達西小姐並沒有什麼特殊的情意。無論從什麼角度來看，都不能保證賓利小姐一定會如願。賓客臨走前，倒是發生了足以說明賓利先生對琴恩舊情難忘的事，因為他趁著別人在另一邊談話時，用一種遺憾的語氣跟莉琪說：「我和她好久不見了，果真是沒緣分？」她還沒來得及回答，他又說道：「有八個多月了。我們是在十一月二十六日那天分手的，那一次我們還在尼瑟菲德莊園跳舞。」

莉琪見他記得這麼清楚，甚是快樂。後來他又趁別人不注意時，問她的家人現在是否都在朗波因。前後這些話也許並沒有什麼深意，可是他的神情態度卻令人玩味。

其間，她只要隨時看到達西先生，他的神情總是那麼親切，談吐之間既沒有半點的高傲，更沒有一絲輕蔑她親戚的意思，於是她不由得想，以前他認為和這些人打交道有失身分，如今卻這樣樂於認識他們，他向她求婚的那一幕，還歷歷在目，但前後簡直判若兩人，這使她幾乎要控制不住的把心裡的驚奇流露出來。

逗留了半個多小時，臨走前，達西先生叫他妹妹和他一起邀請嘉弟納夫婦和班奈特小姐到培姆巴里吃頓便飯。嘉弟納太太望著外甥女，因為這次請客全是為了她，怎料莉琪只是轉過頭去一無反應，嘉弟納太太認為這是一時的羞怯，並不是不喜歡。她又看了看自己的丈夫，接著就快快的答應了。

賓利當然高興，因為他又可以見到莉琪，他還有許多事要問她呢。莉琪知道他一定是想從她這裡探聽姐姐的消息，她一想起今晚的種種情景，不禁得意洋洋。但又怕舅父母追問，所以馬上藉故走開。

照說她沒有理由害怕嘉弟納夫婦的好奇心，因為他們並無意強迫她講出真相。她跟達西先生之間，顯然已不是他們所想的那種泛泛之交了，他已經愛上她。舅父母發現了許多線索，但又不便過問。

他們現在一心只想到達西先生的優點，他的好使他們感動，現在沒人不相信管家奶奶的話了，因為她在主人四歲時就來到他家，當然深知主人的真正為人，況且她本人也令人尊敬，她的話當然值得信任。說到傲慢，他也許真有點傲慢；即使他並不傲慢，全鎮的居民只見他全家終年足跡罕至，自然也要說他傲慢了。但大家不都公認他是個大方善良的人，濟苦救貧、慷慨解囊嗎？

至於威肯，他們立刻就發現他實在不怎麼討人喜歡。雖然一般人不大清楚他和他恩人的兒子之間的關係，但大家都知道他欠了許多債，都是由達西先生出面替他償還的。

莉琪這個晚上滿腦子都是培姆巴里，雖然是個漫漫長夜，但她仍然覺得不夠長，因為她依然弄不明白對那個培姆巴里主人究竟是愛還是討厭。她當然不會恨他，因為恨早就消了，而如果說她真的討厭過他，那麼她也早該為這種情緒感到慚愧了。

儘管她開始時還不大願意承認自己已改變，但事實上早就因為尊敬他而不再覺得他令人厭煩了。加上現在又聽到大家都說他的好話，昨天她又親眼看到真的如此，於是尊敬之餘還多了親切，但問題不在於她對他的態度由反感轉為好感，而在於她對他存有幾分感激之心。之所以感激他，不僅因為他曾經愛過她，更因為她雖然拒絕過他，他卻一點也不計較，反而愛她如昔。她本以為他不會再理她了，然而這一次重逢，他卻好像急著要跟她重修舊好，而且極力想要獲得她親友的好感，並真心真意介紹她和他妹妹認識。這麼傲慢的男人為何一夕間變得這麼令人吃驚的好？可是她並不反對這樣，而且還深深的被打動了心呢。她既然如此尊敬他、感念他，接著就是關心他的幸福了。她自問是否願意大膽的左右他的幸福。她相信自己還是有本領讓他再次向她求婚，問題只是於她願不願意使出看家本領，好讓雙方幸福。

晚上她和舅媽聊起天，覺得達西小姐太客氣，所以即使不能像她那樣盛情禮貌，起碼也應該回拜她一次。最後的結論是，最好是明天就去培姆巴里拜訪她。莉琪很是高興，不過當她自問為什麼自己這樣興奮時，卻又答不上來了。

情敵

莉琪總覺得賓利小姐之所以討厭她，只是為了和她爭風吃醋罷了。所以這次到培姆巴里去，賓利小姐一定會老大不高興。儘管如此，她仍想看看這一次故友重逢，那位小姐是否能識大體一些。

達西小姐果然對她們非常周到，只是有些羞怯，難怪比她身分低的人會誤會她為人傲慢矜持。但是嘉弟納太太和她的外甥女絕不會再錯怪她了，反而還非常同情她呢。

一旁的休斯特太太和賓利小姐只對她們行了個屈膝禮。待她們坐定，賓主之間好一陣子沒有交談，煞是尷尬。後來還是有位太太開了口，這位太太顯見是個大家閨秀，看她努力想找話題來談，就知道她比另外兩位有教養多了，多虧她和嘉弟納太太先聊了起來，再加上莉琪不時插幾句話，整個場面才算沒有太冷清。

莉琪隨即發現賓利小姐在觀察她的一言一語，尤其注意她跟達西小姐的談話。她多希望能有幾位男客走進來，而且盼望這一家的主人也在其中，可是她雖然盼望，卻又夾雜著一絲害怕，究竟為什麼這樣，她自己也不知所以然。她就這樣坐了十五分鐘之久，沒有聽到賓利小姐說一句話，後來賓利小姐忽然冷不防的問候她家人好。她也同樣冷冷的敷衍了她幾句，對方也就不再發言。

吃東西時，達西先生走了進來，莉琪趁此分析了一下自己的心理，究竟是希望他在還是害怕他在?結果雖然是盼望的成分多於害怕的成分，但他進來還不到一分鐘，她就開始認為他還是不進來的好。

莉琪臨機應變，要自己表現得從容大方。她的確需要下這個決心，只可惜實際上並不太容易辦到，因為她看到在場的人都在懷疑他們。達西一出現，沒有一隻眼睛不在盯著他的一舉一動。雖然如此，但沒有一個人像賓利小姐那樣直接，好在她跟他們不管哪一個對象談起話來，總還記得要面帶笑容，因為她還不至於嫉妒到忘了顧形象，也沒有對達西先生完全死心。莉琪看出達西非常盼望她跟安娜能夠熱絡起來，他還盡量從中撮合，而賓利小姐看在眼裡，怒由心生，也就顧不得禮貌，一有機會就冷嘲熱諷的說：「莉琪小姐，民兵團不是撤離了嗎?府上一定大感失望吧?」

她只是沒有當著達西的面提起威肯的名字，可是莉琪立刻懂得她的意思了，想起過去種種，一陣感傷掠過。這分明是惡意的攻擊，莉琪非要反擊不可，於是她滿不在乎的一面說，一面淡淡的望了達西一眼，只見達西漲紅了臉望著她。

賓利小姐如果知道這種話會使得達西難受，她自然就不會講出口，她只是存心混亂莉琪的心思。她以為莉琪過去曾傾心過威肯，就故意說出來好讓她出糗，順便讓達西瞧不起她，但威肯和達西小姐想私奔的事情，她一點也不知情，因為達西先生只告訴過莉琪。

達西看到莉琪不形於色，這才安心下來。賓利小姐懊惱之餘，不敢再提到威肯，賓利小姐本來的目的是想讓達西回心轉意，不再眷戀莉琪，結果反而使他對莉琪更加眷戀。

不久，客人就要告辭了。當達西先生送她們上馬車時，賓利小姐就趁機在安娜面前把莉琪說得一文不值。但安娜並不以為如此，因為哥哥既然那麼推崇莉琪，自然有他的道理。

達西回到客廳來時，賓利小姐又把剛才跟他妹妹說的話，重複數落了一遍。「達西先生，今天上午，莉琪小姐的臉色不知有多難看！她的皮膚變得又黑又粗糙，露伊莎和我都差點認不出她了。」

達西只是冷冷的敷衍了她一下，說這是夏天旅行的結果，實在不足為奇。

賓利小姐回答道：「說實在，我根本看不出她哪裡漂亮。她的臉太瘦，皮膚又沒有光澤，眉不清目不秀，鼻子又平凡，毫無線條可言。她的一口白牙勉強還可以啦，至於她的眼睛尤其邪氣，真令人受不了。尤其她往往自命不凡，卻不知這根本難登大雅之堂呀，天啊，怎會有這種人呢。」

賓利小姐明知達西愛上了莉琪，卻要用這種惡毒的辦法來博得他的注意，實在也太失算了，不過人往往在氣昏頭的時候，總會做出一些得不償失的事。她看到達西終於惱怒的有所反應，還自以為達到目的了。然而達西卻一聲不響。她為了非要激怒他不可，又口不擇言說：

「還記得我們在哈德福郡剛認識她時，你說『她這樣也算是美人的話，那她媽媽就是天才囉！』」

達西這下真的忍無可忍了，「沒錯，但那是剛認識時的事，現在，我已經認為她是我所認識的女孩中最動人心魄的一個。」

說完，留下賓利小姐一個人愣在那裡。這是她逼他說出來的，逞一時之快的結果只是自討沒趣。

嘉弟納太太和莉琪回到家後，興奮的把這次作客所遇到的種種聊了一番，偏偏大家感興趣的那件沒有談到；所有看到的人，她們都拿來評頭論足，但她們特別注意的那個人卻沒有談到。其實外甥女內心希望舅媽能主動談談對那個人的印象如何，而舅媽也很希望外甥女能自己先聊到這個主題。

私奔

莉琪來到拉姆東時，並沒有立即接到琴恩的信，第二天亦然，直到第三天，她才不再埋怨她的姐姐了，因為她這一天收到了姐姐寄來的兩封信，其中一封證明曾經送錯地方。誤投遞的那封信上先講了一些瑣事，後半部卻披露了重要消息，而且還註明是隔天寫的：

親愛的莉琪，寫完上半部之後，發生了一件出人意表的大事，可是我又怕嚇到妳。但請放心，家人都好，出事的是麗迪雅。昨天晚上十二點，全家正要就寢時，突然接到佛斯特上校一封快信，他說麗迪雅跟他屬下一個軍官威肯私奔到蘇格蘭去了！可以想見，我們當時有多麼震驚。只有凱蒂說這是她意料中的事。他們就這樣冒失的配成了一對！我雖然認為威肯實在太輕率了，但我仍願意樂觀的想，他不是存心不良。至少他選擇了這個對象，代表他不是為了有利可圖，因為我們不是有錢人家。媽媽傷心得要命，爸爸總算還撐得住。據知，他們大概是星期六凌晨動身的，直到昨天早上才被發現，於是佛斯特上校寫信通知我們。佛斯特上校說，他會隨即趕到我們這來。因為麗迪雅留了一封短信給佛斯特太太，把所有的企圖都告訴她。我要停筆了，因為我不能離開媽媽太久。我想整件事一定讓妳覺得莫名其妙吧，我也不知道自己在寫些什麼。

莉琪讀完信，急忙抓起另外一封信。

我親愛的莉琪，我真的不知道該寫些什麼，但是我還是得把壞消息告訴妳。儘管威肯先生和麗迪雅兩人的婚姻荒唐透頂，可是現在卻巴不得知道他們真的已經結婚了，因為我們開始擔心他們並沒有到蘇格蘭去。佛斯特上校昨天已經到這兒了。雖然麗迪雅給佛斯特太太的信裡說，他倆要到蘇格蘭成婚，可是據丹尼說，他相信威肯絕不會跟麗迪雅結婚的。佛斯特上校乍聽，嚇了一跳，立刻從布拉東出發，希望還能追到他們。他一路追蹤，只聽有人說，看見他們往倫敦那方向去了。佛斯特上校在倫敦打聽了一陣後，就來到哈德福郡，遍尋所有的旅館，但都無功而返。大家都說沒有看見這樣的人來過。他空手回到朗波因，一五一十的告訴我們他的疑慮。

親愛的莉琪，我們真的好痛苦。爸媽都以為，這事情的演變勢必非常糟糕，也許他們沒有按照原來的計畫進行。就算威肯看麗迪雅年幼可欺，背後又沒有有力的家族，因而對她存心不軌，但麗迪雅自己也會這樣嗎？這件事顯然不合理！但聽到佛斯特上校說不大相信他們會結婚，我又開始擔憂。他說威肯恐怕是個靠不住的傢伙。可憐的媽媽真要病倒了，而爸爸，我從來沒見他這樣難受過。凱蒂也很氣憤，不斷責怪自己沒有把他們的親密關係事先說出來。我很希望妳能快回來，如果妳不方便，當然我也不便強求。唉！才說我不願意強迫妳回來，現在我卻正在做這件事，因為照眼前的情況看，我不得不請求你們盡可能快點折返。我之所以大膽提出要求，是因為還有別的事要求舅父幫忙。爸爸馬上就要跟佛斯特上校到倫敦找尋麗迪雅，他們的打算我不清楚，可是看他那麼傷心，就知道他辦起事一定不會十分妥當，我相信舅父一定會體諒我而前來幫忙的。

莉琪讀完信，整個人從椅子上跳了起來，急著要去找舅父。才走到門口，恰好達西先生走了進來。他看見她整張臉沒有血色、神情慌亂，不禁吃了一驚。他還沒開口，她卻因為心急而叫了起來：「對不起。我有要緊的事要找嘉弟納先生，恕難奉陪。」

「究竟發生了什麼事？」他讓自己定了一下心，「我不願意耽擱妳任何時間，但還是讓我去替妳找嘉弟納夫婦吧。」

莉琪猶豫不決，但她已經開始發抖，也實在覺得自己沒有辦法去找回他們了。她只得拜託僕人代她去找。達西見她臉色非常難看，就用溫柔體貼的聲調跟她說：「我把女僕叫來吧。妳能不能吃點東西，讓自己舒服一些？要我給妳倒一杯酒嗎？妳好像生病了。」

她力持鎮靜回答說：「謝謝你，我很好，只是剛剛聽到一個不好的消息，使我很難過。」說到這裡，她不禁哭了，半天說不出一句話。達西一時失措，只得說些慰問的話，默默望著她，心裡甚是同情。

「我剛收到琴恩的信，我那最小的妹妹跟人私奔了，她中了威肯先生的圈套。他們從布拉東逃走的。你知道他的為人，而她什麼都沒有──麗迪雅這輩子完了。」

達西整個人呆住了。莉琪又更激動的接下去說：「我本來可以阻止這件事！我知道他的真面目！我只要把我所聽到的一部分講給家人聽就好了。要是大家都了解他的真面目，就不會出這樣的事了，但現在為時已晚了。」

達西叫道：「我很痛心，但這消息正確嗎？」

「當然正確！人家一直追到倫敦去，我想他們一定沒到蘇格蘭。」

「那麼，有辦法找得到她嗎？」

「我爸爸到倫敦去了。琴恩寫信來要舅父立刻回去幫忙。我希望能立刻動身。面對這樣的一個人，我實在不敢存一絲的希望。」

達西搖搖頭，表示贊同。

「我早就看穿他了，只怪我沒有放膽揭發，只怕做得太過分。唉！」

達西沒有回答，只是在房間裡走來走去，認真嚴肅的沉思考慮。莉琪隨即明白了，她對他的魔力正在消退中。家人這樣亂來，她不能怪別人。她認為即使他願意降格以求，她也未必就會好過。這使她越發有自知之明。現在所有夢幻的愛戀都已成空，她反而第一次強烈感受到自己是真心真意的愛著他。

過了好一會兒，她聽到達西說話的聲調帶著一絲同情和拘謹，「我怕妳早就希望我走開了吧？因為我實在沒有理由待在這兒，不過我非常關心妳，雖然這種同情於事無補。我但願自己能夠說些什麼，或是盡我一分棉薄之力，可是我不願意說些空洞無用的話讓妳更難過，弄得好像我是故意在討妳歡心似的。我恐怕這件不幸的事，讓你們今天不能到培姆巴里來看我妹妹了。」

「對呀，就請你代我們向她道個歉吧，也請你盡可能替我們隱瞞一下，只是我也知道隱瞞不久的。」

他毫不猶豫的答應替她守密，並希望此事能有個圓滿結局，然後他就告辭了。

他才走，莉琪就想：這一次能和他意外重逢，而且幾次都蒙他熱誠款待，回想起他們認識的過程，真是峰迴路轉。以前曾經巴不得立刻絕交，如今卻又希望能延續下去。凡此曲折離奇，在在令人感嘆。

當她看見達西走時，無盡惆悵油然而生。麗迪雅這次的糊塗行為，讓她備感痛苦。起初她的確大感疑惑——威肯怎麼會跟一個無利可圖的女孩私奔呢？麗迪雅又看上了他什麼？可是現在想來，一切都合情合理。如此的苟合，單單麗迪雅的嫵媚就足夠了。她雖然並不以為麗迪雅會存心跟人家私奔，可是麗迪雅是怎樣都經不起人家勾引的。

家裡現在一團糟，父親不在家，母親病倒，所有重擔都落在琴恩一個人身上。麗迪雅的事已經無法可想，此刻唯有靠舅父幫忙了。話說嘉弟納夫婦還以為是外甥女生了重病，匆匆忙忙趕了回來。莉琪看到他們，連忙說明整件事的始末，雖然舅父母並不見得喜愛麗迪雅，可是仍感憂慮，因為這件事攸關大家的顏面。

嘉弟納先生起初還連聲感嘆，然後就一口答應會盡全力幫忙，莉琪只能銘感在心。於是三個人匆忙收拾行李，準備上路。「但是怎麼向培姆巴里交代呢？」嘉弟納太太說：「僕人說，妳在找我們時，達西先生正在這兒，這是真的嗎？」

「嗯，我已經跟他道過歉了，我們不能赴約了。」

「這件事算是交代清楚了。」舅媽心裡一面在想：他們兩人的感情已經好到可以把事實真相說給對方聽了嗎？

尋找

嘉弟納先生在路途中跟莉琪說：「我越想越覺得妳姐姐的看法很對。無論是誰，都不會對這樣一個女孩不懷好意的，她又不是沒有家人，何況她就住在他的長官家裡，難道男方以為她的親友不會出面嗎？難道他以為冒犯佛斯特上校後還可以回到民兵團嗎？我看他不會傻到去冒這種險吧。」

莉琪嚷道：「你真的這樣想嗎？」

嘉弟納太太接著說：「我也贊成你舅舅的說法，因為這件事太不可思議了。」

「希望他還有所顧忌，但我可不敢奢望，如果真像你所說，那他們幹嘛不到蘇格蘭去呢？」

嘉弟納先生說：「誰都無法證明他們沒有去蘇格蘭啊。」

「可是為什麼要這樣神祕呢？為什麼要偷偷摸摸的結婚呢？哦，不，你不是看到琴恩信裡所說的嗎？連他最要好的朋友丹尼也認為他不可能結婚的。威肯絕不會跟一個窮女孩結婚的。麗迪雅除了年輕，還有什麼能讓他為了她而放棄結婚致富的機會？至於他會不會怕在部隊裡丟臉，那我就不清楚了。另外，麗迪雅的確沒有什麼家人可以為她出面，而威肯早就看出我父親平庸的個性，早知他不會出面干涉。」

「那麼妳是認為麗迪雅為了愛他，會不顧一切，不結婚而跟他同居囉？」

莉琪掉下淚來，「說來可怕，居然有人懷疑自己的妹妹如此沒有貞操觀念！也許我誤會她了，但從來沒人教過她要如何去面對這些人生大事。自從民兵團來到梅里東後，她就只想著要如何賣弄風騷、勾搭軍人……我應該怎麼說呢？我們都知道威肯無論相貌或談吐，都足以迷住任何一個女人。」

「可是，」嘉弟納太太說：「琴恩就不認為他會這樣。」

「琴恩何時把人當壞人看過？除非事實擺在眼前。但提到威肯，琴恩和我心知肚明，他不但沒人品，還很下流，只會一味的偽善矯情。」

這使得嘉弟納太太非常想知道外甥女怎麼知道得這麼詳細，於是問道：「妳這麼確定嗎？」

莉琪紅著臉回答道：「我當然清楚，我不是已經說過他對達西先生所有的無恥行為了嗎？人家那麼寬容的對待他，可是上次在朗波因時，妳不是也親耳聽到他是怎樣的說達西先生？他還把達西小姐形容成那樣，害我一開始誤以為人家是個驕傲冷酷的千金。但他心裡一定明白他在做什麼。」

「既然妳和琴恩都對他那麼了解，麗迪雅為何會完全不知道呢？」

「我自己也是到了肯特郡以後，透過達西先生的親戚費茲•威廉上校才知道真相的，等我回到家時，民兵團已經準備要離開了。我把所知道的對琴恩詳細說明，我們都覺得無須對外聲張，因為大家印象已定，現在要大家對他改觀，顯然不太可能，甚至在麗迪雅跟佛斯特太太一塊走的時候，我都沒想到她竟會被威肯欺騙了。」

一路上他們就這樣反覆的談論。莉琪對這事一直很憂心，她很自責，沒有一刻停歇。

隔天返家，嘉弟納先生的孩子一個個笑容滿面的迎上前去，莉琪跳下馬車，吻了每個孩子一下，琴恩則從母親房間裡跑下來迎接她，姐妹倆都激動得淚流不止。

「還是沒有消息，」琴恩說：「好在舅舅回來了。」

「爸爸到倫敦了嗎？」

「嗯，星期二走的，我在信上告訴過妳了。」

「媽媽呢？家人都好嗎？」

「媽媽還好，不過受了很大的刺激。她在樓上，看到你們回來，她一定會很高興的。瑪麗和凱蒂都很好。」

「那妳呢？」莉琪道：「妳臉色好蒼白，一定讓妳操心了！」

琴恩說她很好。姐妹倆才沒談幾句話，便見嘉弟納一家全都走了過來。琴恩便向舅父母表示歡迎和感謝，笑中帶淚。

接著大家就到班奈特太太房裡去。果然一如所料，班奈特太太一見到他們就哭了出來。「要是當初全家人都到布拉東去，就不會發生今天這種事了。麗迪雅真是可憐。我看，一定是佛斯特夫婦怠慢了她，我可憐的孩子！班奈特先生已經走了，他一定會跟威肯拚命，並被威肯揍得死去活來，他如果死了，寇林斯一家人就會把我們轟出去……」

嘉弟納先生說：「不要這麼焦急，過幾天，也許可以打聽到一些消息。我一到倫敦就會到姐夫那兒去，然後一起想想解決事情的辦法。」

班奈特太太接著說：「對，你到了倫敦，一定要找到他們，要是他們還沒結婚，一定要叫他們結婚。最要緊的是，別讓班奈特先生跟威肯打起來。還請你告訴班奈特先生說，我無時無刻不在擔心，還有麗迪雅，叫她不要自作主張做衣服，一切等到和我見了面再說，因為她不知道哪一家布店最好……」

一直到了下午，琴恩和莉琪才終於有時間在一起談話。「佛斯特上校怎麼說？他們在私奔之前，難道一點也看不出有什麼可疑的地方嗎？」

「佛斯特上校說，他雖曾懷疑過，尤其是麗迪雅，但因為沒有看出什麼異樣，所以也就沒多加留意。」

「丹宣認為威肯不會跟她結婚？佛斯特上校有沒有見到丹尼本人？」

「見到了。不過在上校質問時，丹尼卻矢口否認，說他不知道他們私奔的事，而且也沒再說他們不會結婚的話。如果真是這樣，願上次是我聽錯了他的話。」

「佛斯特上校沒來之前，你們都不曾懷疑過他們不會正式結婚吧？」

「誰會這樣想呢？我只是怕妹妹跟他結婚不會幸福，因為我早就知道他不是個好東西。但爸媽一點也不知道內情，他們只覺得這事太突然了。只有凱蒂好像在幾個星期前就知道他們相愛了。」

「不會是在他們去布拉東之前就看出來了吧？」

「可能吧。」

「琴恩，要是我們當初把他的所有惡行都說出來，也許今天就不會這樣了！」

「可能吧，不過，那樣是否也太絕情了呢？我們為人處事，應該心存善念。」

「麗迪雅留給佛斯特太太的那封短信……」

「在這。」

琴恩從口袋裡掏出那封信，拿給莉琪。

當妳發現我消失了，一定會大吃一驚；但當妳知道我去什麼地方時，妳一定又會忍不住大笑。如果妳猜不出我跟誰走了，那妳真是一個大傻瓜，因為這世上只有一個男人是我的最愛，沒有他就沒有我。請勿將此事告訴我的家人，我要讓他們接到我的信時，看到我的署名是「麗迪雅•威肯」，哈，這個玩笑太有創意了！代我問候佛斯特上校。也請為我們祝福。

看完信，莉琪不禁叫道：「事情鬧成這樣，她竟然還寫得出這種信來！爸爸不知會有多傷心！」

「當時他整整有十分鐘說不出話來，媽媽也馬上病倒了！」

「天啊，琴恩，」莉琪叫道：「那不是所有的僕人都知道了？」

「我不知道，但願沒有。媽媽歇斯底里的毛病又犯了，我雖然盡了力，但還是怕……」

「看妳的臉色那麼差。所有的事都讓妳一個人操心，要是當時我在就好了！」

「瑪麗和凱蒂都還好，願意替我分勞，可是凱蒂本就纖弱，瑪麗又太用功了，我不想再去打擾她們。幸好菲利普姨媽幫了我們不少忙，魯卡斯太太也來了，還說如果需要幫忙，她和她女兒都會非常樂意。」

莉琪大聲說道：「還是讓她留在自己家裡吧，忙是誰也幫不上，但慰問卻只會讓我們更難過。」

心焦

嘉弟納先生臨走前，答應一定勸班奈特先生馬上回來。班奈特太太聽了這話放心不少，她認為只有這樣，才能保證她丈夫不會在惡鬥中被人活活打死。

三個月前，所有人把威肯捧得像什麼似的；三個月後，沒有一個人不在說他的壞話。他不僅負債累累，現在又多了拐騙婦女的罪名。莉琪雖然只是半信半疑，不過她認為妹妹遲早會毀在他手裡。琴恩本來沒有絲毫懷疑，這下子也不得不失望了——因為如果他們真的去了蘇格蘭，起碼現在也該有消息了。

嘉弟納先生是星期日出發的，星期二嘉弟納太太接到他的一封信。他說他一到那裡就找到了姐夫，但班奈特先生暫時仍不想離開倫敦。

我已經寫信拜託佛斯特上校，替我打聽威肯有沒有什麼親戚知道他藏在哪裡。後來，我又想了一下，覺得莉琪可能比任何人都了解狀況，甚至可能知道他到底有些什麼親戚。

莉琪知道嘉弟納先生為什麼會這樣說，只可惜她幫不了什麼忙，她是聽過威肯談過他的父母，但他們都已經過世多年了。

班奈特一家人度日如年，尤其是等信的那段時光。嘉弟納先生還沒寄來第二封信，她們卻收到了寇林斯先生的來信。

先生尊鑒：

昨日獲知先生目前正為兒女事而心煩意亂。我與內人聽聞此事，深感同情，據夏露蒂所說，令嬡此次私奔，乃平日過分溺愛的緣故，日前曾將此事告知夫人，她與我們深有同感，認為令嬡此次行為，不僅辱沒家聲，更使往後想攀親之人卻步，其殃及其姐的終生幸福之處，實令人憂慮。言及此，不禁回想去年十一月時候的一件事，則又暗自慶幸，否則事實既成後，勢必招致恥辱，深受拖累。還望先生寬心……

嘉弟納先生收到佛斯上校的回信後，立刻寫了第二封信來。目前知道威肯確實沒有什麼親人在世。他之所以如此神祕，據說是因為他欠了一大筆賭債無力償還，再則是怕被麗迪雅的親人發覺。要清償他在布拉東的債務，起碼要有一千英鎊才足夠。

信上又說，班奈特先生星期六就可以回來了，其他都留給嘉弟納見機行事。本來以為母親聽到這消息，一定會很高興，誰知並非如此。

「什麼！他沒有找到可憐的麗迪雅，就這樣回來了嗎？他一走，還有誰可以去跟威肯談判，逼他跟麗迪雅結婚？」

嘉弟納太太決定在班奈特先生動身回來的那一天，帶著孩子回倫敦。她離開時還不是很清楚莉琪和達西的事，外甥女從來沒有主動提起過他的名字。她本以為回來以後，那位先生會有來信，可是沒有。而莉琪自己明白，要是沒認識達西，那麼麗迪雅這件事或許不會讓她那麼難受。

班奈特先生回到家後，仍是一副樂天派的老樣子，什麼都沒說。直到下午，全家人一塊喝茶時，莉琪才斗膽問起這件事。她說他這次外出一定吃了不少苦，讓她想到就難過。他卻回答道：「別這樣說。除了我以外，還有誰活該受罪呢？我自己做的事本就應該自己來承擔。」

「你不要這麼責怪自己。」

「不用勸我了，我這一生從來沒有自艾自怨過，就讓我也嘗嘗這滋味吧。」

「他們會在倫敦嗎？」

「不然，還有什麼地方可以讓他們藏得這麼好呢？」

凱蒂補充了一句：「麗迪雅本來就一直想到倫敦去。」

父親冷冷的說：「這麼做，她可得意啦。」

沉默片刻後，他又說：「莉琪，妳五月時對我說的那些話一點也沒錯，妳的確很有見識。」

琴恩送茶給班奈特太太時，打斷了他們的談話。班奈特先生叫道：「真是享福啊，哪一天我也要學學妳的樣子，坐在書房裡，頭戴睡帽，身穿睡衣。不然就等凱蒂私奔了再說。」

凱蒂抗議的說：「我不會私奔的，爸，如果我到布拉東，我一定會比麗迪雅規矩的。」

「不，凱蒂，我已經學乖了，今後不管是哪個軍官，我都不許他上我家的門，也不許妳去參加舞會，除非妳們姐妹自己跳著玩，更不許妳走出家門一步，除非妳每天在家裡規規矩矩十分鐘，像個人樣。」

凱蒂聽得很認真，傷心的哭了起來。

班奈特先生連忙說：「好啦，別傷心了。假如妳從今天起，能夠一連當個十年的好女孩，那麼，十年後我一定帶妳去看閱兵典禮。」

消息

有天琴恩和莉琪正在屋後的小樹林裡散步，只見女管家匆匆跑來。

「小姐，嘉弟納先生給主人送來了一封信，妳們不知道嗎？」

兩位小姐急忙跑回家去，每個房間裡都沒有見到父親，等走到門外，跑過一片草坪，才見父親正向小樹林走去。

琴恩沒有莉琪那麼會跑，因此沒多久就落後了，只見妹妹已經上氣不接下氣的跑到了父親那兒。「爸，你接到舅舅的信了？」

「嗯，他派人送了信來。」

「好消息還是壞消息？」

「怎麼可能是好消息？」一面說一面從口袋掏出信來。莉琪從他手裡接過信，此時琴恩也趕了上來。

親愛的姐夫：

我總算能夠告訴你一些麗迪雅的消息了，你星期六才走，我就打聽到他們在倫敦的住址，我已經看到他們了——

琴恩不禁嚷了出來：「他們可結婚了吧！」

他們並沒有結婚，但已有結婚的打算。請恕我大膽建議，你本來為女兒們準備好的五千英鎊遺產，請即刻將麗迪雅應得的一分給她吧。同時你還得答應她，在你仍在世時每年提供她一百英鎊。這些條件都是我經過再三考慮，自認有權代你作主才答應的。你如果不反對讓我全權代表你出面處理這件事，那麼，我馬上就吩咐下人去辦理財產過戶的手續。若有其他情形，會再隨時告知。

愛德華・嘉弟納

莉琪讀完後問道：「這可能嗎？他會願意結婚？」

琴恩說：「這麼說，威肯並不像我們所想的那麼糟嘛。親愛的爸爸，恭喜你了。」

「你回信沒有？」莉琪問。

「還沒有。」

於是琴恩說：「要是你嫌麻煩，我來代你寫吧。」

父親回答道：「我不大願意寫。」

莉琪說：「他們兩個非結婚不可！可是他偏偏是那樣的一個人。」

「是啊！也沒有其他辦法了。可是有兩件事情我很想弄清楚。那就是妳舅舅究竟拿出了多少錢才擺平這件事？我以後拿什麼還他呢？」

琴恩嚷道：「錢？舅舅？這是什麼意思？」

「這還不明白嗎？一個腦筋稍微清楚的人是不會跟麗迪雅結婚的，因為她沒有那個條件。我每年給她一百英鎊，死後總共也不過五千英鎊罷了。」

莉琪說：「對呀，他的債務償清以後，還會有剩錢。噢，那一定是舅舅代為解決的！這樣一算，他得花不少錢哩！」

父親說：「威肯要是拿不到一萬英鎊就答應娶麗迪雅，那才有鬼呢。」

「一萬英鎊！老天！怎麼還得起？」

班奈特先生沒有回答。大家都滿懷心事，默不作聲。回到家後，父親到書房去寫信，姐妹倆一離開父親，莉琪便嚷道：「他們真的要結婚了！雖然將來不一定會幸福，而且他又那麼糟糕，但我們仍然高興啊。哦，麗迪雅呀！」

琴恩說：「我想，他要不是真心愛著麗迪雅，是沒有理由跟她結婚的。慈悲的舅舅即使替他清償債務，我也不相信他會代墊這樣大的一筆錢。舅舅家有那麼多孩子要養，他怎麼拿得出來？」

「舅舅和舅媽的恩情今生是報答不了了。他們把麗迪雅接回家去，為她出面解決問題，犧牲了自己利益，要是這樣的好心還不能使她慚愧，那她真是不配享有這福分了。」

琴恩說：「我們應該把他們兩人不好的過去都忘掉。威肯既然答應結婚，就證明了他已經變好。只要他們能夠互相敬愛，自然一切都會正常起來。」

「他們既然有過那些荒唐行為，」莉琪回答道：「那麼無論誰都忘不了的。」

姐妹倆到書房裡，問父親願不願意讓母親知道。父親正在寫信，頭也沒抬。

「隨便。」

莉琪從寫字檯上拿起那封信，兩人一塊上了樓。琴恩一讀完麗迪雅可能最近就會結婚的那段話，班奈特太太就高興得跳起來，她並沒有因為顧慮到女兒不會幸福而心神不安，也並沒有因為想起她的行為不檢而覺得丟臉。

「我的麗迪雅寶貝呀！」她叫了起來：「她就要結婚了！我又可以和她見面了！多虧我那好心的弟弟！他一向有辦法把樣樣事情都辦好。我多想看到她，看到親愛的威肯！可是衣服、嫁妝！我要立刻寫信和弟弟談談。莉琪，快下樓去，問問妳爸爸願意給她多少嫁妝？」

她馬上報出一大堆布的名稱，好像一下子就想把每樣貨物都購置齊全。琴恩好不容易才勸住她，說等父親有空的時候再商量。

「我等一下就到梅里東去一趟，」她說道：「把這個好消息說給妹妹菲利普太太聽。我回來的時候，還可以順路去看看魯卡斯太太和龍格太太。凱蒂，快下樓去，吩咐他們給我備好馬車。」

莉琪快受不了了，便匆匆躲回自己房裡。

解決

班奈特先生如果每年的收入都能有剩的話，那麼這次麗迪雅鬧出來的事，自然就沒必要讓自己的舅舅出面為她出錢了。此事對任何人都沒有好處，現在卻得由嘉弟納先生拿錢出來解決，這實在叫班奈特先生過意不去，他決定打聽嘉弟納先生究竟出了多少錢，以便盡快回報這分人情。

班奈特先生在回信中，多謝嘉弟納先生的協助。他的用詞極其乾脆，只說一切既成事實，他並無其他意見，至於所提出的建議，他都願意配合，雖然他每年要付給他們一百英鎊，但換算起來，麗迪雅在家裡的花用，每年並不下於一百英鎊。

目前他只希望麻煩越少越好，在信上他請嘉弟納先生把一切過程詳細告訴他，可是對麗迪雅隻字未提。

他們的事很快就傳開了，畢竟還是惹得別人議論紛紛。梅里東那些心地惡毒的人，因為見不得人家好，都詛咒她下場一定會很悲慘。

班奈特太太已有兩個星期沒下樓，遇到這麼快樂的事，她自然欣喜若狂，並不覺得有什麼不妥。從琴恩十六歲起，她的第一個心願就是好好的嫁女兒，如今她就快要如願以償了。她還準備幫女兒找住的地方，根本不考慮他們有多少收入，也從來沒有想到這一點。

每當有僕人在時，班奈特先生就會讓她講下去，可是等僕人一離開，他就會不客氣的對她說：「我的好太太，妳若要為妳的女兒和女婿租房子，這附近的房子，我一間也不准他們來住。他們不要奢望我會在朗波因招待他們！」

這話一出口，兩人就吵了起來，班奈特太太又發現丈夫不願拿出半毛錢給女兒添置一些新裝，令她驚駭不已。她只知道女兒出嫁沒有嫁妝是件沒面子的事，卻不在意她沒有結婚之前就跟威肯同居了兩個星期的事實。

莉琪十分後悔，後悔當初不應該因為一時苦悶，而告訴達西先生有關麗迪雅的事。她並不是擔心達西會宣揚這事情，而是，如果換作是別人知道她妹妹的這些丟臉行徑，她就不會像現在這樣難受了。這倒不是怕對她自己有任何損失，因為她和達西之間本來就一直有條鴻溝。即使麗迪雅能夠風風光光的結婚，達西先生也絕不會想跟她家有任何關係了。

丟臉加傷心，她後悔極了，可是她又不知道在後悔什麼。如今她再也聽不到他的消息，卻又希望能夠聽到他的消息；再也不可能見面，她卻夢想，如果他們能夠早晚相聚，那該多好。才不久前，她那麼義無反顧的拒絕了他的求婚，如今卻又盼望他再來求婚，這要是讓他知道了，他不知會多麼得意啊！即使她相信他是個寬宏大量的男人。

她漸漸理解，不論在個性或才能各方面，他都是個最適合她的男人，即使他的思想、脾氣和她並不盡相同。

可惜這樣幸福的配對已經不可能實現。她家裡不久後就會有一門另一種層次的婚事，也就是那件事破壞了這件好事。

她無法想像威肯和麗迪雅將來會怎樣生活，可是她倒有一個想法：這種出自情欲而沒有道德維繫的婚姻，必定很難獲得永恆的幸福。

嘉弟納先生又寫了一封信給班奈特先生，其目的是要把威肯先生已經決定脫離民兵團的消息告訴他們。

> 威肯先生很想參加正規軍，而駐紮在北方的一個團，已經答應讓他當旗手。他遠離這一帶也好，只會對他有利。但願他們到了新的地方，能夠重新開始。我已經寫信告訴佛斯特上校，把我們目前的情形告訴他，並請他通知威肯先生所有的債主，就說我即刻會去償還他們的債務。你如果不願見到他們，他們可以直接到北方去。據內人說，外甥女好像很想在離開南方之前跟你們見見面。

班奈特先生和他的女兒都和嘉弟納先生有同感，認為威肯離開只有好處沒有壞處。只有班奈特太太並不樂意。她代女兒要求在去北方之前能再回家一次，怎知遭到了班奈特先生的拒絕。幸虧琴恩和莉琪顧到妹妹的心情和處境，也希望她的婚姻能受到爸媽的重視，因此再三要求父親，讓妹妹和妹夫結婚時能到朗波因一趟。她們要求得十分懇切而婉轉，終於讓父親點頭。不過莉琪突然想到，威肯會不會同意這樣做？

婚禮

麗迪雅結婚那天，班奈特家派了一部馬車去接這對新人，當他們到達時，全家都擠在客廳裡迎接他們，班奈特太太滿臉堆笑，而班奈特先生卻板著臉，做女兒們的則是既驚喜又焦急。

麗迪雅跑進屋來，母親興奮上前擁抱她，帶著親切的笑容把手伸向威肯，祝他們新婚快樂。

然後這對夫婦來到班奈特先生跟前，只見他的臉色顯得格外冷峻。接著麗迪雅從這個姐姐跟前走到那個姐姐跟前，希望她們一個個都能祝福她。

威肯沒有一點不好意思的樣子，莉琪真是不敢相信他會這樣厚臉皮，她心想，一個人無恥起來還真可以不當一回事呢。她和琴恩都臉紅了，可是兩位當事人卻一如平常。

這個場合不怕沒有話題可說，麗迪雅和母親只怕來不及把話說完。威肯正好坐在莉琪身旁，就向她問起附近一帶熟人的近況，態度很從容，反而令她坐立難安，無法流利對答。

只聽見麗迪雅大聲說道：「天啊！我走的時候，根本沒想到會結了婚回來，但仔細想想，如果真的就這樣結了婚，倒也滿好玩的。」

班奈特先生瞪大了眼，琴恩心裡很難受，莉琪則哭笑不得的望著她，只見她得意非凡的說下去：「附近的人都知道我結婚了嗎？我們回來的時候，正好遇到威廉的馬車，我為了要讓他知道我結婚了，就把車上的窗子放下來，脫下手套，把手擺在窗口，以便讓他看見我手上的戒指，然後我又對他點點頭……」莉琪實在聽不下去了，只得站起來走到屋外去。

進入餐廳，又見麗迪雅大搖大擺的對她的大姐說：「琴恩，現在該我坐這個位置了，妳得坐到下面去，因為我已經出嫁了。」

麗迪雅不但不覺得難為情，甚至還越來越不在乎。她想去拜訪所有的街坊鄰居，讓大家都叫她威肯太太。

「媽媽，妳覺得威肯怎麼樣？姐姐們一定都羨慕死我了，誰叫她們不到布拉東去，那裡真的是找丈夫的地方。」

「妳說得對。可是，我實在不願意妳到那麼遠的地方去。」

「那有什麼關係，我反而很高興，妳和爸爸，還有姐姐們一定要記得來看我們。我們整個冬天都會在那兒，那兒一定會有很多舞會，而且我保證一定替姐姐們找到最好的舞伴。」

莉琪連忙說：「多謝好意，可惜這種找丈夫的方式，我不敢恭維。」

這對新人只能在朗波因停留十天，因此班奈特太太盡可能陪女兒到處拜訪親友，並且在家裡宴客。

果然不出所料，威肯對麗迪雅沒有麗迪雅對威肯來得感情深厚。明眼人一看即知，他們的私奔一定是因為麗迪雅的緣故。莉琪越來越肯定威肯是因為債務所迫，本來就非逃走不可，而既然有個女人願意陪他一起亡命，他當然沒有拒絕的理由。

早上，麗迪雅跟莉琪說：「莉琪，我還沒有跟妳講過我結婚的情形呢。妳難道不想知道嗎？」

「不必了，而且我也不想聽。」莉琪回答道。

「喂！妳這個人真是奇怪，我一定要講！我們是在聖克瑞門教堂結婚的，星期一早上，我真是緊張得胃痛。妳知道，我一直好怕會發生什麼不測。我在化妝時，舅媽一直像在布道似的跟我說話，我哪聽得進去呀？妳知道，我那時心裡只惦記著我親愛的威肯。妳知道嗎？我在舅父母家裡時，他們一直很不高興。我待了兩個星期卻沒有出過大門一步，日子真是無聊透頂。那天馬車來時，舅父卻被一個名叫史東的傢伙叫去，我真的嚇壞了，因為我需要一個人送嫁，要是誤了時辰，那天就吹了。好在他不到十分鐘就回來了。不過後來我又想到，要是他真被纏住了，我怕什麼啊？反正還有達西先生可以代勞。」

莉琪大吃一驚。「什麼？達西先生！」

「對呀！他也要陪威肯上教堂去呢。哎呀！我已經跟他們保證過不說的，真不知道威肯會怎麼怪我了。」

「好吧，」莉琪嘴裡雖這樣說，心裡卻仍好奇，「我絕不會再問妳什麼了。」

「謝謝，」麗迪雅說：「要是再問下去，我一定會忍不住統統說出來，這樣非讓威肯氣炸不可。」她這話分明是暗示莉琪繼續問下去，莉琪只得跑開，避免無謂的煩惱。

但是，這件事怎能就此不聞不問呢。達西先生竟會參加她妹妹的婚禮？他應該根本不願意參加才對，也絕對沒有理由去參加。想來想去，還是想不出一個所以然來。於是她連忙寫了一封短信給舅媽，問她能否把麗迪雅無意洩漏出來的那句話稍微解釋一下，只要不破壞原來緊守祕密的約定就可以了。

剛剛在一旁的琴恩是個講究信用的人，她是不會把麗迪雅洩漏出來的話再說出去的，莉琪深知她的為人。既然她已經寫信去問舅媽了，至少在沒有收到回信之前，最好不要再向任何人表白心跡了。

幫忙

莉琪很快就收到了回信，她立刻跑到幽靜的樹林裡，準備讀個過癮。

親愛的莉琪：

一接到妳的信，我就決定好好的給妳回封信，因為我知道三言兩語絕不能把話說明白。我得承認，我沒想到提出這個要求的人會是妳，如果妳一定要裝得好像聽不懂我的話，那只有請妳原諒我失禮了。妳舅舅也跟我一樣詫異，我們都認為，達西先生之所以會那麼做，完全都是為了妳。

在我們回家的那天，有個意外的客人來看妳舅舅，他就是達西先生。他們關起門來談了好幾個小時。他是因為查出了妳妹妹和威肯的下落，特地趕來告訴我們的。他說他已經見到他們了，而且還談過話。他頗為自責，沒有及早揭露威肯的為人，害得一個好女孩遭殃。因此這次他會主動出面設法補救，實在是因為覺得義不容辭。他自述他要插手這件事的動機僅只如此。

他在城裡待了好幾天才找到他們，好像有位楊格太太以前做過達西小姐的家庭老師，後來因故被解雇了，達西知道楊格太太和威肯很熟，於是他一到城裡，沒幾天就從她那兒把事情查了個水落石出。於是他先去看威肯，然後他又堅持要看到麗迪雅才行。他說他第一件事就是勸麗迪雅回心轉意，但他發現麗迪雅堅決要和威肯廝混下去，根本不把家人放在心上，她怎樣也不願意放棄威肯，她想他們終會結婚的。但是，他跟威肯談話時就已經知道對方從無成婚的打算，現在既然是麗迪雅這麼想，當然只有加緊促成他們結婚了。

威肯親口承認他之所以如此，全是因為賭債所逼，至於麗迪雅這次私奔的事件，他竟理直氣壯的完全歸罪於她自己的愚蠢。達西先生問他為什麼沒有立刻跟妳妹妹結婚，雖然班奈特家算不上富有，甚至也能幫他一點忙的，但他發現威肯回答時，仍然幻想攀到另外一門親事，以便賺進一筆錢。不過，他目前的情況已是如此，如果有應急的辦法，也未嘗不會讓他心動。他們見了好幾次面，威肯當然逮到機會就漫天開價，好在總算協調出一個合理的數目。於是達西先生就在我們回家的前一天晚上前來拜訪。當時嘉弟納先生不在，他也沒有留下姓名，到了第二天，我們還是只知道有位先生來拜訪過。星期六他又來了。妳父親已走了，妳舅舅這回在家，正如我剛才所描述的，他們談了很久。

直到星期一這整件事才算談妥。莉琪，我認為他的缺點就是固執了點，希望每件事都由他親自出馬。他們為了這件事爭執了許久，可是妳舅舅最後還是依了他，因而不但不能替自己的外甥女盡些棉薄之力，而且還要沒出力卻坐享功勞，這根本和他的初衷相違。

我想妳一定深深的了解到，達西先生為他們盡了多大的力。我相信他替威肯償還的錢一定超過一千英鎊以上，另外又給了他一千英鎊，他說這都怪他，當初考慮欠周詳，過分猶豫，因而害人家上了威肯的當，誤當他是好人。不過親愛的莉琪，妳應該明白，他話雖然說得如此堂皇動聽，但我們要不是著眼於他另有苦心，妳舅舅是絕對不會依他的。現在我一五一十都說了，還希望不會令妳聽了不舒服。麗迪雅在我們這兒住過，威肯也是。他還是上次我在哈德福郡見到他時的那副模樣。而麗迪雅的一舉一動的確令我生氣，我一本正經的跟她說，她錯得離譜，哪裡知道，我的話她才不聽呢。好幾次我真的生氣了，但是，看在妳和妳姐姐的面子上，我還是忍了下來。達西先生準時參加了婚禮，第二天跟我們一起吃飯。親愛的莉琪，要是我趁此機會說，我有多麼喜歡他（我以前一直沒敢說得這麼明白），妳會生我的氣嗎？他的見識、他的人品在在令人喜歡。他幾乎沒有任何缺點，最多不過是稍微拘謹了些。但只要他娶到一個好太太，他也許會改變的。

我認為他很調皮，因為他幾乎從沒有提起過妳的名字。調皮這玩意兒好像是種流行。如果我說得有些放肆，還請妳原諒，至少不要罰我將來不許去培姆巴里了啊。

妳的舅母M•嘉弟納

莉琪讀了信，真是心蕩神馳，百感交集。她本來也曾隱約的覺得達西先生會成全她妹妹的好事，可是又不敢妄自揣測，想他可能不會如此好心；另一方面又想到，如果他真的這樣做了，那又未免太情深意重，恐怕無法報答人家。誰知這些臆測如今卻成了事實！怎麼也想不到他竟會擔起一切重擔而不得不向一個他最看不起的女人求情，不得不委曲求全的跟一個他連名字也不願再提起的人見面，而且是密集的會面，還要跟他說理，最後還不得不拿錢賄賂他。他這樣拚死拚活，只是為了一個他本無好感又不欣賞的女孩。莉琪心裡輕輕的說，他這樣做還不都是為了她。

然而，她又想到她豈能存有如此的妄想，指望他仍愛著那個拒絕過他的女人！他不會願意跟威肯做親戚，這種反應本來就合理，又怎能指望他去遷就什麼！何況是跟威肯這種人做連襟！他自責當初做事欠考慮，這未免太客氣了，他很大方，而且有資格大方。雖然她不願意認為他做這些都是為了她，可是她或許可以相信，他對她舊情仍在，因此遇到這樣一件與她有關的事，他還是願意竭盡心力。一想起這樣一個人對她們情意隆重，她們卻無法明白和報答他，那真是一種莫名的痛苦。

一想起自己以前那樣厭惡他、甚至對他出言不遜，就忍不住難過！她自慚極了，卻同時又以他為傲。因為他竟會一本同情之心而做他認為該做的事。然後她把舅媽信上恭維他的那段文字重讀了好幾遍，她發覺舅父母都認定她跟達西先生感情甚篤，話說雖然不免有幾分懊惱，其實也頗為得意。

這時有人走過來，打斷了她的沉思，原來是威肯。「我該不是打擾了妳散步吧，親愛的姐姐。」

她笑著回答道：「沒錯，不過，這打擾未必不受歡迎。」

「哦，真是過意不去。我們本來就是好朋友，現在則更加親近了。」

「你說得對。」

「聽舅父母說起，妳到培姆巴里去玩過？」

她說，對呀。

「那妳一定看到管家奶奶了吧？她從前好喜歡我。但她一定沒有提起我。」

「她倒是提到了。」

「怎麼說？」

「她說你進了部隊，就怕——就怕你情形不太好。路隔得那麼遠，傳來的話十分靠不住。」

「當然囉……」

莉琪以為這樣應可以讓他自討沒趣了，但是過了一會兒，他又說：「上個月真是出乎意料，在城裡碰到了達西，見了好幾次面。我不知道他到城裡幹嘛。」

「或許是準備和哪個千金結婚吧。」莉琪說：「他在這個季節到城裡去，一定是為了什麼特別的事。」

「聽嘉弟納夫婦說，妳見過他？」

「是的，他還把我們介紹給他妹妹。」

「妳還喜歡她吧？」

「非常喜歡。」

「噢，聽說她這一兩年有了很大的改變。以前看到她的時候，我覺得她真是沒什麼。妳能喜歡她，我真替她高興。但願她的確變得比以前更好了。」

「會的。」

「你們經過吉姆東嗎？」

「這我記不得了。」

「我會提到那地方，就是因為我當初應該得到的牧師俸祿就在那兒。」

「你喜歡講道嗎？」

「當然囉。我本來就把講道看成我的本分，這種祥和清靜的生活，完全合乎我最終的理想。只可惜都已事過境遷。妳在肯特郡的時候，有沒有聽到達西談過這件事？」

「聽過，聽說那職務給你是有條件的。」

「沒錯，我一開始就曾告訴過妳，妳也許還記得吧。」

「我還聽說，你從前並不像現在這樣喜歡講道。你還堅決說過你絕不會當牧師。」

「這話倒不是完全沒有根據……」

快要走到家門口了，她本有意擺脫他，不過看在妹妹的面子上，她又不願意太過明顯，因此她只是和顏悅色的笑了笑。「算了吧，威肯先生，我們如今已是兄弟姐妹，不必再多想過去的事了。」

她伸出手來讓他吻了一下。這時的他簡直有些哭笑不得。然後他們就這樣走進了屋子。

重逢

轉眼之間，麗迪雅和威肯出發的日子就要來臨了，班奈特太太不得不和他們分離，因為班奈特先生堅決不肯讓全家都跟著搬到那個城市。

「哦，我的寶貝呀，哪一天我們才能再見面呢？」

「天哪！我也不知道。可能兩、三年都見不到面囉。」

威肯不斷的再見聲，比他太太喊得還親切。他笑容可掬，充滿紳士風度，又說了不少動人的話。

他們才出門，班奈特先生就說：「他是我生平所見過最會作戲的一個人。既會假笑，又會傻笑，還會嬉笑。我真為他感到驕傲。」

此後，班奈特太太悶了好些天。但她並沒有沮喪太久，因為這時外面正傳說尼瑟菲德莊園的主人近日之內就要回來了。班奈特太太聽到這個消息後變得神經緊張，她一會兒望望琴恩，一會兒笑笑，一會兒又獨自搖頭。

琴恩聽到他要來，臉色也變了。「莉琪，今天我看到妳一直看著我。我知道我的表情很難看，可是妳千萬別以為我還在想他，只不過是因為當時我覺得被大家這樣當目標觀察，所以有些慌亂。其實我沒有什麼顧忌，只是怕別人閒言閒語。」

莉琪也不知道該怎麼想才好。如果她上次沒有在德比郡見到他，她也許會以為他此行別無目的。可是她看出他對琴恩未能忘情，而這次他究竟是得到那個朋友的允許才來的呢？還是他自己決定大膽過來的呢？這讓她不由得這麼想：這個人真可憐，連回到自己租的房子來，也會引起大家議論紛紛。

不管姐姐嘴上怎麼說、心裡怎麼想、是否盼望他來，莉琪倒是看出琴恩比平常更加坐立不安。

大約一年以前，爸媽曾經熱烈爭論過的這個問題，眼看又要重演了。

班奈特太太又對丈夫說：「我的好先生，賓利先生一來，你一定要去拜訪他呀。」

「不去，不去，去年說什麼只要我去看了他，他就會做我的女婿，結果還不是一場空。」

「這有什麼要緊，我還是要請他到這兒來吃飯，我已經決定了。」

琴恩對她妹妹說：「其實我見到他也可以裝作若無其事，只是聽到別人老是談起這件事，實在讓我有些受不了。媽媽一片好心我明白，可是她不知道（誰也不知道）那些話讓我有多難受！」

莉琪說：「我真想說幾句話來安慰妳，可惜半句也說不出來。妳能明白嗎？」

賓利先生終於來了。班奈特太太計算著還得等幾天才能送請帖過去。好在他回到哈德福郡的第三天，班奈特太太就在窗口看見他朝她家這邊走來。她急忙喚女兒們來分享她的興奮。琴恩決定以不變應萬變，莉琪為了敷衍母親，就走到窗口望了一望，卻看見達西先生也跟他一起來了，於是她走回姐姐身旁坐下。

凱蒂說：「媽，還有一個人跟他一起來呢，那是誰呀？」

「應該是他的朋友什麼的，寶貝，我也不知道。」

「妳看，」凱蒂又說：「不就是那個傲慢的高個子嘛。」

「天哪，原來是達西先生！幸虧他是賓利先生的朋友，不然，我一向最討厭這種人了。」

琴恩非常關心的望著莉琪。她不知道妹妹在德比郡跟達西見過面的事，因此猜想妹妹收到他那封解釋的信以後，這回見面一定會覺得很尷尬。姐妹倆都不怎麼自在的坐在那兒。她們彼此關懷，卻都有隱情。母親仍舊嘮叨不休，其實令莉琪心神不寧的另有原因，這是琴恩所不知道的。

莉琪始終沒敢把嘉弟納太太那封信拿給琴恩看，也沒有勇氣向琴恩述說她對他感情變化的整個經過。琴恩只知道他向她求婚而被她拒絕過，卻怎麼也想不到莉琪的隱情絕非僅此而已，他對她們全家的恩情，怎不教她對他另眼對待。

她坐在那兒專心做著針線，裝得極為鎮靜，等到僕人走近房門，她才真正緊張起來，抬起頭來望望姐姐的臉色。只見琴恩的臉色比平時蒼白些，但她的端莊穩重，頗令莉琪意外。兩位賓客出現的時候，她的臉紅了，不過她仍然從容大方的接待他們，沒有半點怨恨的神色，也沒有顯得過分殷懃。

莉琪沒有跟他們兩人談什麼，她只是大膽的瞟了達西一眼，只見他就像往常一樣嚴肅，不像在培姆巴里時那般和悅了，或許是因為他在她母親面前不能像在她舅父母面前那樣放得開的緣故。

她也望了賓利一眼，立刻就看出他既興奮又忸怩。班奈特太太待他禮貌周到，對他的朋友卻相當冷淡，如此強烈對比之下，班奈特太太的差別待遇使兩個女兒覺得對他們甚是過意不去。

其實她母親對這兩位賓客的態度完全是本末倒置，搞不清楚狀況，因為她不知她寵愛的一個女兒多虧了達西先生搭救。而莉琪因為知道此事的所有詳情，所以特別覺得愧疚。

達西向莉琪問起嘉弟納夫婦，莉琪回答時顯得有些心慌意亂，之後達西就沒有再說什麼了。不過上次在德比郡，他卻不是這樣的。於是她抬起頭來看他，只見他不時看著琴恩和她，大部分時間總是對著地面發呆。而且這一次比上一次見面時顯得心事較多，也不像上次那樣樂於博得別人的好感。她有點失望，同時又責怪自己沒道理失望。

除了他之外，她沒有興致跟任何人說話，偏偏她又沒有膽子對他開口。

只聽得班奈特太太說：「賓利先生，你離開好久啦。」

賓利先生連忙說，的確有一段時間了。

「從你走了以後，這裡發生了好多事情。魯卡斯小姐結婚了，我的小女兒也出嫁了。我想你一定知道了吧？」

賓利說他知道了，跟著便向她道賀。莉琪連頭也不敢抬起來，因此也不知道達西先生此刻的表情如何。

班奈特太太又說：「賓利先生，等你把自己莊園裡的鳥兒打完以後，請到班奈特先生的莊園裡來，你愛打多少就打多少，我相信他一定會非常樂意的。」

莉琪聽她母親這樣曲意討好人家，越來越覺得難受。想起了一年以前，她們曾經抱滿希望，如今雖然眼見又是舊戲碼，然而只要轉眼的功夫，就會又像一場夢，徒增悲傷。她覺得無論是琴恩也好、自己也好，即使將來能夠終身幸福，也彌補不了這幾分鐘的尷尬難堪。

可是過不了幾分鐘，她發現姐姐的美貌又打動了賓利先生的心，於是她的傷感大大的減輕了。賓利剛進來時，幾乎不大跟琴恩說話，可是漸漸就熱絡了起來。他發現琴恩還是跟去年一樣漂亮，只是不像去年那麼活潑。琴恩一心希望人家看不出她跟從前有什麼不同，她自以為還是像從前一樣爽朗，其實她有時候安靜起來，連自己也沒注意到。

班奈特太太早就打算討好貴客，當他們告辭時，她就說道：「賓利先生，你還欠我一次哦。去年冬天你曾答應一回來就到我們這兒來吃便飯的。我一直記在心上，你卻一直沒有回來赴約。」

賓利乍聽，不禁愣了半天，後來才說因為有事情耽擱了，萬分抱歉。然後兩人就告辭離去了。班奈特太太本來打算當天就請他們吃飯，但是又想到人家是個有身分的人，如果不多添兩道佳餚，這怎麼夠意思呢？

期待

他們一走，莉琪便到屋外去透透氣。其實，她腦中一直轉著那些足以令她沮喪的問題。她一直想，要是他這次來只是為了沉默寡言，那他來幹嘛？

她想來想去都是懊惱。他在倫敦的時候對舅父母多和氣呀，怎麼現在又變了樣？如果他怕見到我，又何必來呢？如果他心裡已經沒有我了，又為何如此尷尬？真是個莫名其妙的男人！我再也不要想他了。

琴恩走了過來，莉琪只好把這個念頭暫擱一旁。一見到姐姐喜形於色，就知道這兩位貴客雖使自己不甚得意，但卻使她姐姐較為寬心了。

「等他下次再來時，我就不會再這樣失常了。到時，大家就會知道我和他不過是普通朋友而已。」

莉琪笑著：「好個普通朋友啊！妳還是小心點的好！」

「親愛的莉琪，妳別以為我那麼不堪，我長這麼大了，還會有什麼危險？」

「我看妳危險才大呢，妳會讓他瘋狂的愛上妳。」

星期二那兩位嘉賓都準時出現了，兩人一來，莉琪就注意著賓利先生是否會在琴恩身旁坐下，因為從前每次宴會他都會這樣。起初，他好像還有些猶豫，幸虧琴恩剛好回過頭對他一笑，他這才決定在她身邊坐下。

莉琪看了很窩心，不禁朝達西望了一眼，只見他泰然自若，像沒事一樣。吃飯時，賓利先生對琴恩流露出無限愛意。雖然沒有從前那麼露骨，可是莉琪覺得，只要是他自己作主，屬於他們兩人的幸福一定就指日可待了。達西先生的座位和莉琪隔得好遠，她聽不清楚達西跟她母親講些什麼，可是她看得出他倆很少交談，氣氛相當拘謹。看到母親對他那樣敷衍應付，再想起他對家裡的恩情，令她格外難受，她恨不得告訴他，家裡並不是沒有人知道他的善行義舉，也不是全家都是忘恩負義的人。

她但願這個下午彼此能夠有機會多談些話，不要辜負了他這趟拜訪，不要讓他只在進門時聽到她習慣的招呼一聲就空手而返。她一個人急壞了，兩位貴客還沒有走進客廳前，她差點沉悶得要無端發脾氣了。她一心盼望他們進來，因為整個下午的氣氛好壞完全繫於此刻。

她暗想：「如果他還是冷冰冰的，我就再也不理他了。」他們進來了，瞧那神情，她預感他不會再辜負她一片心意了。可是天哪！琴恩在斟茶，莉琪在沖咖啡，女孩們把一張桌子團團圍住，大家擠在一起，不知在幹什麼。有一個女孩跟莉琪說道：「我決定不讓這些男人把我們拆開，好不好？」

達西見狀只得走開。但不管看到什麼人跟他說話，莉琪都覺得嫉妒。她幾乎沒有心思再幫客人沖咖啡了。不久，她又責怪自己這樣癡心是在幹嘛？

「他是個曾被我拒絕過的男人！我怎麼竟然還敢期望他會再來愛我？哪個男人會那麼沒骨

氣，向一個女人求兩次婚？」

這時他親自把咖啡杯送回來，為此她精神一振，立刻抓住機會跟他說：「你妹妹還在培姆巴里嗎？」

「對，她要在那兒一直待到聖誕節。」

她想不出別的話題了，而他只會靜靜的站在她身旁，後來那位年輕的小姐又跟莉琪咬起耳朵，他只得再度走開。

等到大家準備要玩牌時，莉琪又希望他能到自己身邊來。只見母親到處拉人，他也盛情難卻，就和眾人一同坐上牌桌，於是她滿懷的情趣都變成了泡影。兩個人只得各坐一張牌桌，達西的眼睛不時朝她這邊看，結果兩人都沒贏過一次牌。

班奈特太太本來打算留他們吃晚餐，但他們早早吩咐僕人備車，所以也就沒有機會留下他們。

他們才走，班奈特太太就說：「我說孩子們，今天快樂嗎？我覺得一切都好極了。還有，親愛的琴恩，妳從來沒有像今天這樣美過。」

看樣子，班奈特太太把賓利先生對琴恩的一舉一動全看在眼裡了，所以深信琴恩一定會將他手到擒來。她一高興，就開始作起夢來，全心期盼這門親事會替家裡帶來多少好處，直到第二天未見他來求婚，她又要大失所望了。

琴恩說：「今天滿有意思的，來的客人都那麼剛剛好，希望以後能常有這種聚會。」

莉琪笑了笑。

「莉琪，妳這樣笑會使我難過的，我只是很欣賞一個滿平易近人的客人，並沒有什麼非分之想。他的舉止正派，尤其是絕對沒有想要博得我歡心的企圖。」

只聽見妹妹抗議道：「妳好狠，不讓我笑，卻偏偏要惹我發笑。」

「有些事是真的不容易讓人相信！」

「而有些事根本不可能讓人相信！」

「但，妳為什麼偏要認為我沒有把真心話說出來呢？」

「這我就無從回答了。算我失禮，如果妳硬要說妳對他沒有什麼意思，可別再想要我相信了。」

幸福

過沒幾天，賓利先生又來了，他在班奈特府上坐了一個多鐘頭，班奈特太太留他吃便飯，他道歉再三，說是別處已有約了。

他說他很樂意再來，只要班奈特太太不嫌麻煩，他一有機會就會來看大家。果然隔天他就來了，而且來得非常早，所有大小女生都還沒有打扮好。班奈特太太穿著睡衣，頭髮才梳了一半，就匆忙跑進女兒房間大聲嚷道：「親愛的琴恩，快點下樓去。他來了，賓利先生來了。趕快趕快。」

母親走了以後，琴恩硬是要一個妹妹陪她下樓去。

到了下午，班奈特太太又一心要撮合他們。喝過茶，班奈特先生回到書房裡去，瑪麗上樓彈琴。班奈特太太看五個障礙去了兩個，就立刻對莉琪和凱蒂擠眉弄眼，可惜她們半天都沒有反應。凱蒂還天真的說：「幹嘛啦，媽？妳怎麼老對我眨眼睛？妳要我做什麼嗎？」

「沒什麼。」於是她又多坐了一下，但實在不願意再錯過這大好的機會，只見她突然站起來對凱蒂說：「來，孩子，我有話跟妳說。」就拉著凱蒂出去。琴恩立刻對莉琪望了一眼，暗示她快受不了這樣的擺布，懇求莉琪不要也這樣做。一會兒，只見班奈特太太又喊道：「莉琪，來，我有話跟妳說。」莉琪只得走出去。

母親立刻對她說：「我們最好不要打擾他們兩個人。」

莉琪沒有跟她爭辯什麼，只是留在原地，等母親和凱蒂離開後，才又回到客廳。

班奈特太太這一天並沒有如願。賓利樣樣都好，就是沒有公然以她女兒的情人自居。他安然的待在她們晚上的家庭聚會上，雖然班奈特太太有些過火，但他都忍了下來，不管她講出多少蠢話，他都不動聲色。幾乎不用主人邀請，他就自己留下來吃飯了。他還沒有道別，就又答應班奈特太太隔天再來。

第二天，賓利準時赴約，跟班奈特先生一起打獵了一整個上午。班奈特先生格外和藹可親，因為賓利沒有什麼地方令他反感。他們一同回來吃中飯。晚上，班奈特太太又設法把別人全部支開，好讓他跟她女兒能在一起。

其後當莉琪不意回到客廳，看到一個畫面，不得不認為母親果然比她聰明。她一進門，只見姐姐和賓利站在壁爐前，看來正談得熱烈。他們慌張的回過頭去，而且立刻拉開彼此距離，做妹妹的心裡就有數了。雖然他們窘態畢露，可是莉琪更窘。他們一言不發，莉琪正想走開，只見賓利突然站起身來，跟琴恩悄悄說了幾句話，就走出去了。

琴恩馬上抱住妹妹，熱情的承認了：「我太幸福了。但我配嗎？哎，為什麼不能人人都像我這樣幸福呢？」

莉琪連忙向她道喜，可是琴恩不能跟妹妹再說下去。「我得馬上親自告訴媽媽，我不想要由別人轉告。他已經去告訴爸爸了。噢，莉琪，這種幸福怎讓人受得了！」

接著她就連忙趕到母親那裡去，留莉琪一個人在那兒，她心想，為了這件事，家人幾個月來一直在煩心，如今即將圓滿解決了。想到這裡，不禁一笑。「這就是他那位朋友和他自己的姐姐忙了老半天的結果！這個結果真是太有意思了！」

沒有幾分鐘，賓利就到她這兒來了，因為他跟她父親談得甚是簡潔扼要。

他一打開門，就問道：「妳姐姐呢？」

「在樓上媽那兒，馬上就下來。」

他於是關上門，兩人親切的握了手，她只聽到他講琴恩的好，一直講到琴恩出現為止。莉琪深信他所有幸福的願望一定都可以實現，因為琴恩聰敏善良，體貼入微，這不就是幸福的基礎嗎？

這一晚大家都非常快樂，尤其是琴恩，凱蒂亦是滿臉的笑，希望這樣的好運能趕快降臨在自己身上。班奈特太太對賓利讚不絕口，班奈特先生也滿意極了。不過他當時卻隻字不提，等到客人一走，他就連忙轉身對大女兒說：「琴恩，恭喜妳。妳現在可是最幸福的女孩啦。」

琴恩立刻走上前去擁抱父親，多謝他的祝福。

「妳一向是個好孩子，想到妳能這樣幸福的完成終身大事，我真是為妳高興。但我擔心你們那麼好講話，最後會弄得每個僕人都欺負你們，而且你們都那麼慷慨，結果一定會入不敷出。」

「但願不會如此。」

班奈特太太說：「你是說錢不夠用?!這是什麼話?他每年有四、五千英鎊收入哩。」她又對大女兒說：「我的好琴恩，我早就知道結果會是如此。他去年剛到哈德福郡時，我一看到他就知道你們兩個一定會終成眷屬。」

她早把威肯和麗迪雅忘了。琴恩本就是她最寵愛的女兒。妹妹們都簇擁著琴恩，瑪麗請求使用尼瑟菲德莊園的藏書室，凱蒂則要她每年冬天開幾次舞會。

從此以後，賓利成了每天必來的客人。他總是早飯也沒吃就來，一直待到吃過晚飯才走。莉琪根本就沒有機會跟她姐姐談話，因為只要賓利一來，琴恩就把所有心思放在他身上。琴恩不在的時候，賓利就愛跟莉琪談話，賓利一回家，琴恩就會找她一起聊天，看來她還是頗有用處的。

有一天晚上，琴恩對她說：「他說他從來不知道我也在倫敦。我聽了好高興。」

莉琪回答：「他還有沒有說什麼?」

「我想那一定是他的姐妹搞的鬼。她們有理由不贊成我們相愛，但我相信她們總有一天會明白，我們在一起有多麼好，到那時，她們一定會慢慢和我恢復舊誼的，但絕不可能像從前那樣好了。」

「這還是我生平第一次聽妳講這種小氣的話。老實說，要是又看到妳被虛情假意的賓利小姐欺騙，我才會氣死呢!」

莉琪高興的是，賓利並沒有把他朋友介入其事的經過說出來，因為琴恩雖然心胸寬大，可是這件事如果讓她知道了，她一定會多多少少對達西存有成見。

琴恩說：「哦，莉琪，但願妳也能遇到同樣的幸福！

「哦，不，除非我的脾氣也像妳一樣好，否則那是不可能的。所以，我還是自求多福吧，如果運氣好點，也許可以碰到另一個寇林斯吧。」

記得不久以前，因為麗迪雅私奔，那時大家都認為班奈特家這下毀了，如今這樣一轉折，班奈特家霎時成了天下最有福氣的人家了。

插曲

大約是賓利和琴恩訂婚後的一個星期，來了一個意外的不速之客，正是凱瑟琳夫人。

大家當然都非常詫異，班奈特太太和凱蒂與她雖然素昧平生，但卻比莉琪更感榮幸。但這個客人十分沒有禮貌，莉琪招呼她，她卻一屁股坐了下來，什麼話也沒說。

「我想，妳一定過得還不錯吧，班奈特小姐，那位大概就是妳母親囉？」

莉琪簡單的應了一聲。

「那一位大概就是妳妹妹吧？」

班奈特太太連忙回答：「是的，夫人，這是我第四個女兒。我最小的女兒最近出嫁了。大女兒正和她的好朋友在花園散步，那個小伙子不久也要變成我們家的人了。」

莉琪本以為她會拿出一封夏露蒂的信來，不然實在想不出她來的目的，可是夫人並未這麼做。

班奈特太太請夫人用些點心，可是凱瑟琳夫人非常無禮的拒絕了，接著站起來跟莉琪說：「班奈特小姐，可否請妳陪我散散步？」

她母親連忙對她說：「去吧，乖孩子，陪夫人到每一條小徑上走走，去。」

於是兩人默默的沿著一條通往樹林的鵝卵石步道走去。莉琪只覺得這個老婦人太過分了，因此決定絕不先開口。

一走進小樹林，凱瑟琳夫人就開口道：「班奈特小姐，我這次來，妳該知道為了什麼吧。」

「夫人，我一點也不知道妳怎會看得起我們而到這種小地方來。」

夫人顯然動怒了。「班奈特小姐，妳要知道，我不喜歡人家不正經。兩天前，我聽說不只是妳姐姐將要攀上一門貴親，連妳也快要搭上我的姨姪——我的親姪子達西先生。雖然我當它是謠言，但我還是決定到這兒一趟，把事情問個清楚。」

莉琪既驚且煩的說：「真奇怪，妳既然不相信會有這種事情，又為何要自找麻煩來問呢？請問妳老人家究竟有何指教？」

「我要妳立刻公開說明。」

莉琪冷冷的說：「如果真的已有這種傳言，那麼妳這一來不是會更混淆視聽？」

「難不成妳是存心裝傻？難道妳不知道這件消息已經鬧得人盡皆知了嗎？」

「我可從來就沒有聽說。」

「豈有此理！班奈特小姐，我一定要知道我姨姪到底向妳求過婚了沒？」

「妳自己剛剛還說，絕不可能有這種事情。」

「對，只要他還清醒，就一定不會發生這種事情。但妳要是誘惑他，他也許就會一時迷惑而忘了要對得起自己和家人。」

「就算我真的把他迷住了，我也絕不會說給妳聽的。」

「班奈特小姐，妳知道我是誰嗎？」

「不管妳是誰，妳都沒有權利過問我的事，而且妳這種態度也別想逼我說出什麼來。」

「妳好大的膽子，妳絕對不會成功的——達西先生早跟我的女兒訂過婚了。好啦，現在妳還有什麼話要說？」

「只有一句話——如果他真的已經如此，那妳就更沒理由認為他還會跟我求婚。」

凱瑟琳夫人停頓了一會兒，然後說：「他們的訂婚跟一般的不同，他們從小就配成了一對。眼見他們就要結婚，卻忽然冒出了個門戶低微的女人卡在中間，難道妳都不管他親人的願望？不管他跟另一個女孩的婚約？難道妳就這麼不知進退和分寸？」

「我管它做什麼？如果妳沒有別的理由反對我跟妳姨姪結婚，那麼，我雖然明知他母親和姨媽要他跟德‧包爾小姐結婚，我也絕不會因此而退卻。如果達西先生沒有責任跟他表妹結婚，也不願意跟她結婚，那他為什麼不能自己作主呢？要是他挑中了我，我又為什麼不能答應他呢？」

「不管從哪一個層面來看——不，從利害關係來看，怎麼樣都不允許這麼做。要是妳有意跟大家過不去，妳休想他的親友會看得起妳。你們的結合將是一種恥辱……」

「那真是不幸。」莉琪說：「可是嫁給達西先生一定會很幸福，所以，根本用不著煩惱。」

「妳給我聽著，班奈特小姐，我要做的事，誰也阻止不了。」

「那只會使妳更加難堪，對我可是毫無影響。」

「老實說，妳究竟跟他訂婚了沒？」

莉琪本來不想回答這個問題，可是考慮了一會兒，她還是回答了一聲：「沒有。」

凱瑟琳夫人顯得很高興。

「妳能答應我，永遠不跟他訂婚嗎？」

「恕難照辦。」

「我太吃驚了。妳怎麼會是這樣一個頑固不講理的女人啊！但別以為我會退讓，妳不答應我就不走。」

「我肯定不會答應妳的。這種荒謬至極的要求，妳休想我會答應。妳一心想要達西先生跟妳女兒結婚，可是，就算我答應妳，誰能保證他們的婚姻就能幸福？要是他真的看上我，就算我拒絕他，難道他就會因此去向他表妹求婚嗎？說句妳別在意的話，妳這種莫名其妙的要求根本不通情理，要是妳以為這些話能夠擺平我，那妳就看錯人啦。妳姨姪會不會讓妳干涉他，我不知道，但妳絕對沒有權利干涉我的事，妳不用再費力了。」

「我的話還沒講完。別以為我不知道妳那個小妹跟人私奔的事。這樣一個壞女孩，也配做我姨姪的小姨嗎？達西家能夠這樣給人糟蹋嗎？」

莉琪恨恨的回答：「夠了沒？」

她邊說邊站起身來。凱瑟琳夫人也站了起來，兩人就一同回到屋子裡。老夫人這下真給氣瘋了。「好一個沒有心肝的丫頭！妳難道不知道，你們結了婚，大家都會看不起他嗎？」

「我不想再說了。妳已經明白我的意思了。」

「妳一定要把他弄到手才甘心嗎？」

「我並沒有說這種話。這件事我自有主張，任何局外人都管不了。」

「妳……」

莉琪說：「如果他跟我結了婚，他家人就會厭惡他，那我根本就不會放在心上，至於妳說其他人也都會生他的氣，我認為這世上通情達理的人多的是，不見得每個人都會瞧不起他。」

「這就是妳的真心話！班奈特小姐，別以為妳會達到目的。咱們走著瞧吧。」

莉琪沒有再理她，也沒請她回屋裡坐，只管自己悶聲不響的走回屋裡。她母親在屋裡等得心急了，直問她為什麼凱瑟琳夫人沒進來。

莉琪說：「她太客氣了。」

莉琪巧妙的撒了個謊，因為她實在無法把她們的談話一一說出來。

漣漪

凱瑟琳夫人這次遠從羅琴茲特地趕來拆散她和達西，這可好，但關於他們訂婚的謠言，莉琪怎麼也想不出是從何處來的？後來她才想起，他是賓利的好朋友，她自己是琴恩的妹妹，人們不是往往會因為一個婚姻而聯想到另結一個婚姻，這也難怪了，喜上加喜嘛。

不過，一想起凱瑟琳夫人，她就不禁有些不安，如果她硬要干涉，誰又能怎樣？莉琪不知道達西跟他姨媽感情如何，更不知道他會不會任她擺布，但可以確定的是，他一定比莉琪尊重那位老夫人。

果真如此的話，那他一定再也不會回來了。他雖然和賓利先生有約，答應會隨即回到尼瑟菲德莊園來，這下恐怕也只能取消了。她心裡想：「要是賓利先生這幾天就獲知他不能前來，那麼一切就顯而易見了。當我就快要愛上他、答應他的時候，如果他並不是真心愛我，那我一定連惋惜的念頭也不會有了。」

第二天早上她下樓時，巧遇父親從書房出來，手裡拿著一封信。

「莉琪，我正要找妳，妳到我房間裡來一下。」

她不明白父親究竟要跟她講些什麼。她突然想到，那封信該不會是凱瑟琳夫人寫來的吧？唉，真是煩人。

她跟父親兩人一同坐下。父親說：「早上我收到一封信，令我吃了一驚。我一直不知道我兩個女兒有可能同時都要結婚了，爸爸恭喜妳啦。」

莉琪立刻斷定這封信是那個達西寫來的，而不是他的姨媽寫來的，於是不禁漲紅了臉。她不知道應該為了他寫信來說明而高興呢，還是應該怪他沒有寫信給她卻寫給父親而生氣，這時只聽見父親說：「妳好像已經心裡有數了。沒錯，這封信是寇林斯先生寫來的。」

「寇林斯先生?!他有什麼話好說的？」

據說尊府一等大小姐出閣以後，二小姐莉琪也即將出嫁，且聞二小姐這次所選的如意郎君，確係富貴之人。

「莉琪，妳猜得出這位貴人是誰嗎？」

此人非但背景雄厚，門第高貴，而且樂善好施，擁有權力。然而他若向表妹求婚，萬不可輕率應諾，否則難免後患無窮，晚生不得不先奉勸先生與莉琪表妹。

「莉琪，妳想像得到這位貴人是誰嗎?下面就要提到了。」

晚生所以冒昧陳詞，實因慮及他的姨母凱瑟琳夫人對此聯姻之事，十分無法贊同。

「妳明白了吧，這個人就是達西先生！哈！莉琪，他們什麼人不好挑，偏偏挑這麼一個人來胡謅，這不是太好笑了嗎？達西先生一向對女人敬而遠之，說不定他連看都沒看過妳一眼呢！我真服了他們！」

莉琪陪著父親打趣，可是她的笑容很勉強。父親的深度幽默，從來沒有像今天這樣不機智討好。

昨夜晚生曾與夫人提到此事，她說此事怎樣也不能贊同，實在因為令嫒門戶低微，缺陷太多。故晚生深覺責無旁貸，應及早將此事奉告表妹，希望她能深明大義。另，麗迪雅表妹之事得以圓滿解決，實是欣慰。唯晚生每當想起她婚前即與人同居，仍不免痛心。假如晚生是當地牧師，則必然反對此事……

「這就是他所謂基督徒的寬恕精神！怎麼，莉琪，妳好像不高興聽似的。我想妳不至於也有那種俗世淑女的假正經吧。人生短短數載，如果不是讓人家開開玩笑，然後再回頭取笑取笑別人，那活著還有什麼意思？」

莉琪大聲叫道：「不過這事情實在詭異！」

「的確是——但有趣的就是這一點。如果他講的是別人都還好，但這位貴人從不把妳放在眼裡，妳對他又是討厭到家！我平常雖然最討厭寫信這檔事，可是，我每次讀到寇林斯的信，總覺得他比威肯好玩多了。我說莉琪啊，凱瑟琳夫人是不是特地來表示反對的？」

女兒聽到父親問這句話，只能笑一笑。她從不曾像今天這樣為難——想的是一套，做的又是另一套，她好想哭。父親說達西先生沒有把她放在眼裡，她只能怪她父親為什麼這樣視而不見。但是，這件事也許不能怪父親看得太淺，要怪只能怪自己想得太多了。

感激

賓利先生非但沒有如莉琪所想，接到他朋友不能前來的致歉信，而且還帶著達西一塊兒來了。兩位賓客來得很早，賓利提議出去散步，班奈特太太沒有散步這習慣，瑪麗不想浪費時間，於是出發的只有五個人。賓利和琴恩有默契的放慢腳步，讓莉琪、凱蒂和達西走在前面，三個人都沒什麼話說。

凱蒂想去魯卡斯家看瑪麗亞，一等凱蒂離開，莉琪就立刻鼓起勇氣跟達西說：「達西先生，我是個很自私的人，只為心直口快，也不管是否會傷害到你的感情。你對我那位可憐的妹妹恩重如山，我不能再隱瞞對你的感激了。自從知道了這件事情，我就一心想對你表達謝意。要是我全家人都知道了，就不只我一個人要感謝你了。」

「我很抱歉，真的很抱歉。」達西的聲調充滿了驚奇和激動，「這件事要是想歪了，一定會使妳覺得很不好受，想不到妳仍然知道了。我沒有想到嘉弟納太太這樣靠不住。」

「不要怪我舅媽。是麗迪雅自己不小心，先露了口風，我才知道你牽涉在這件事裡，那麼我不打聽個清楚，怎能罷休。讓我代表全家人謝謝你，感謝你充滿同情心，不計麻煩和委屈的去找他們。」

「不瞞妳說，除了別的因素外，我也是為了要讓妳高興。妳的家人不用感謝我。我雖然尊敬他們，可是我當時心裡只有妳一個人。」

莉琪害羞得一句話也說不出來。過了半晌，達西說：「妳是個乾脆的人，絕不會輕易開我的玩笑。請妳告訴我實話，妳的決定是否還和四月時一樣？我的所有心願和情感依舊如昔，只要妳一句話，我就再也不會提起這件事了。」

莉琪聽到他表明心意，更是感到焦慮和不安。她緩緩的告訴他說，自從他第一次表達愛意的那個時候起，她的整個心情已經起了很大的波折和變化，現在她願意以最愉快的心情來接受他全部的柔情善意。

這個回答立刻令他感到喜出望外，此刻，要是莉琪能夠抬起頭來看看他那雙眼睛，就能明白他開心的程度。她雖然不敢看他的臉，卻能聽他的聲音，聽見他說她在他心目中是多麼重要，使她越聽越感受到情感的珍貴。

他們只顧往前走，東南西北也不分了，想到這次彼此之所以會取得如此的互信互諒，還得歸功於他姨媽。原來他姨媽路過倫敦時，果真去找過他，一五一十詳述自己到朗波因的經過，特別把莉琪的言談描述得十分傳神，只是沒想到，效果恰恰相反。

達西說：「以前我從不敢奢望，這下反而覺得好像充滿了無限希望。我深知妳的脾氣，我想妳真的恨我入骨的話，妳一定會實話實說的。」

莉琪紅著臉說：「一點也沒錯。」

「妳罵我的話，哪一句不是我罪有應得？雖然妳的指責都沒有確實根據，可是我那次對妳的態度，的確是太糟糕了。」

莉琪說：「那天的事我們就不要再提了，我們的態度都不好，不過從那以後，我覺得我們兩個好像都比較禮貌了些。」

「幾個月來，一想起我當時的那種態度和表現，我就愧疚的難過。妳訓我的話，我一輩子都謹記在心。妳說：『如果你表現得有禮貌一些就好了。』妳不知道這句話讓我自責了多久。老實說，我也還是過了好久才明白過來，不得不承認妳那句話罵得實在有理。」

「我怎麼也想不到那句話對你有這麼大的影響力。」

「妳當時認為我沒有一絲當真的感情。我永遠都記得，當時妳還翻臉了，妳說，不管我怎麼向妳求婚，都不可能打動妳的芳心。」

「哎呀，不要再提了嘛。我自己也為那件事覺得丟臉到家了。」

達西又提到那封信。「那封信——妳看了我那封信以後，是否對我的印象有一些好轉？」

她說那封信對她影響太大了，因為從那以後，她對他的所有偏見都慢慢消失了。

「我當時就想到，妳看了那封信，一定會非常難受，可是我實在是沒有辦法，但願你已經把那封信撕毀了。其中有些話，尤其是起頭那些話，我實在不希望妳再去看它。」

「如果你認為一定要燒掉那封信才能保持我的感情，那我當然一定會把它燒掉。但我要告訴你，即使我很容易變心，也不會為了那封信和你翻舊帳的。」

「當初寫信時，我自認為心平氣和，但事後我才反省到，當時的確像在出怨氣。」

「還是忘了那封信吧。學學我的這套人生觀，要回憶過去，就只回憶那些愉快的事情。」

「與其說這是妳的人生觀，還不如說是妳本來就天真無邪。可是我卻不一樣，我雖然並不主張自私，卻自私了一輩子。從小大人就教我要做一個品行端正的人，卻不教我要把脾氣改好。他們教我規矩卻也讓我學會了他們的傲慢自大。偏偏我又是一個獨子，從小被母親寵壞了，雖然雙親都很善良，卻縱容我自私自利、目中無人，有時還鼓勵我如此。莉琪，要不是妳，我可能到現在還是這樣無知！妳給了我一個很好的教訓，我獲益匪淺呢。當初我向妳求婚，以為妳一定會答應。幸虧妳讓我明白一個道理，如果我決定去討某個女孩的歡心，而我又一味的在她面前自命不凡的話，那是不可能有好結果的。」

「當時你真以為那樣就會得到我的芳心嗎？」

「妳一定在笑我未免太自負了吧？我當時還以為妳很希望我去求婚呢。」

「那一定是因為我表錯情了，可是我告訴你，我並不是故意的。我絕不是有意欺騙你，但我往往會憑一時的玩心而鑄成大錯。從那天起，你一定非常恨我了！」

「恨妳？剛開始我也許很氣妳，可是沒多久，我就知道究竟誰該氣誰了。」

「我根本不敢問你，那次我們在培姆巴里再見面，你怎麼看我這個人？你會責備我怎麼來了嗎？」

「怎麼會呢，我只是覺得很驚訝。」

「你驚訝？可是我被你那樣抬舉，恐怕我比你還驚訝呢。我的良心告訴我，我不配受你那樣體貼的款待。老實說，我當時的確很意外。」

達西說：「我當時的用意是要盡量禮貌周到，讓妳看出我的度量和胸襟，希望妳知道我已經痛改前非。至於我何時又有了別的想法，大概是在看到妳之後的半個小時內吧。」

他們看看錶，才知道應該要回家了。

「賓利和琴恩上哪兒去了？」於是他們又從這句話談到另外一個主題——達西早就知道他朋友已經和琴恩訂婚了。

莉琪說：「我想問你，你會不會覺得很訝異？」

「一點也不，我臨走時，就預感事情馬上要成功了。」

「這麼說，你早就允許他啦。還真被我猜著了。」雖然他否認，她卻認為百分之百是這樣。

他說：「我到倫敦去的前一個晚上，就把事情向他表明了，他嚇了一跳。我還說我從前以為妳姐姐對他平平淡淡，現在才知道是我自己想錯了。我立刻看出他對琴恩依舊一片癡情，因此我肯定他們的婚姻一定會很幸福。」

莉琪聽到他能夠這樣不費功夫的指揮他的朋友，不禁莞爾。

「你跟他說，我姐姐愛他。你這話是自己體認出來的呢？還是聽我說的？」

「是我自己體認出來的。最近我去過妳家兩次，一眼就看出她對他的感情很深。」

「我想，一經你說明，他也立刻明白了吧？」

「沒錯。賓利為人極其誠懇謙卑，只是有些膽小，遇到這種問題，自己就拿不定主意。我老實對他說，去年冬天你姐姐在倫敦住了三個月，當時我知道了這件事，卻故意瞞他，他很生氣，可是我相信，他只要知道妳姐姐對他仍有感情，一切就沒事了。」

莉琪覺得賓利這樣容易聽信別人的話，她忍不住要說，真是太可愛了。可是她畢竟沒有把話說出來，目前還不便跟達西開玩笑。他繼續跟她談下去，預言賓利的幸福——這種幸福當然抵不上他自己的幸福囉。

祝賀

莉琪一踏入家門，琴恩就問說：「親愛的莉琪，你們到什麼地方去了？」家裡所有的人也都這樣問她。她只得說，他們兩人隨便亂逛，後來也不知道走到哪裡去了。她說話時面紅耳赤，可是並沒引發大家聯想到兩人已墜入情網。

那個晚上平安無事的過去了，公開的那一對有說有笑，沒有公開的那對悶不吭聲。達西本就沉靜，喜怒不形於色，莉琪心頭小鹿亂撞，只知道自己醉在幸福中，但又說不上來，因為除了眼前的尷尬外，好像還有許多困難等在後頭。她知道除了琴恩以外，家裡沒有一個人喜歡他。

晚上，她把所有內幕說給琴恩聽。

「妳在開玩笑！莉琪，跟達西先生訂婚?!妳不要唬我了，這件事不可能的。」

「真是要命！我的希望全寄託在妳身上了，要是連妳都不相信我，就沒有人會相信了。我說的都是真心話。他依然愛我，我們已經溝通好了。」

琴恩半信半疑的看著她。「噢，莉琪，不可能有這種事的。我知道妳非常討厭他。」

「這其中的過程妳都不知道，就不必再說了。也許我從來不曾這樣愛過他。可是談到愛情，似乎不該記得太多仇吧，從今以後我一定要把那些不好的忘得一乾二淨。」

琴恩仍然一副吃驚的樣子。於是，莉琪只好嚴肅的重新跟她說，這是鐵的事實。

琴恩不禁大聲叫道：「我的天呀！真有這種事嗎？我的好妹妹，那恭喜妳了，可是，對不起，我還是要再問妳：妳能斷定——能百分之百肯定，嫁給他會永遠幸福嗎？」

「我可以肯定，我們都認為我們會是世界上最幸福的一對。妳願意讓他做妳的妹夫嗎？」

「願意。賓利和我真是再高興不過了。這件事我們也想到過、談論過，都認為不可能。噢，莉琪，什麼事都可以任性，但結婚不能。妳確定妳要這樣做嗎？」

「確定！等我把詳細情形都告訴妳，妳還會覺得我這樣還不夠呢。」

「妳這話是什麼意思？」

「唉，我必須承認，我愛他要比喜歡賓利還更深切。我怕妳要生氣了。」

「好妹妹，請妳正經點，趕快跟我說個清楚。妳愛他多久了？」

「我也說不清是什麼時候開始的，應該是從看到培姆巴里他那美麗的花園開始的吧。」

莉琪鄭重其事地把自己愛上他的過程講給琴恩聽，等大姐弄明白了以後，就一切放心了。她說：「我一向很器重他，不說別的，先是為了他愛妳，我就要永遠尊敬他了。他既是賓利的朋友，現在又成了妳的丈夫，那麼，除了賓利和妳以外，我最喜歡的當然就是他啦。可是莉琪，妳太詐了，連一點口風也沒透露。培姆巴里的事和拉姆東的事從來都沒有說給我聽！」

莉琪只得把保守祕密的原因告訴她，現在，她大可不必再隱瞞達西為麗迪雅的婚姻四處打點的那段情節了。姐妹倆一直談到半夜。

第二天早上，班奈特太太站在窗口叫道：「天哪！那個討人厭的達西先生怎麼又跟著我們的賓利來了！莉琪，妳可得再和他一塊出去散散步支開他才行，免得他在這裡打擾賓利。」

母親這辦法正是莉琪求之不得的。她差點笑了出來。可是知道母親不喜歡他，不免又令她有些懊惱。

兩位貴客一進門，賓利就意味深長的跟她握手，她一看就猜想他八成是知道了。沒多久，他果然說道：「班奈特太太，這一帶還有什麼別的好玩地方，可以讓莉琪今天再去迷路的嗎？」

班奈特太太說：「哦，莉琪和凱蒂今天早上都要上山去，達西先生還沒見過那兒的美麗景致吧。」

賓利先生說：「當然是再好不過了，但我看凱蒂一定沒這體力吧。是不是，凱蒂？」凱蒂說她寧願待在家裡，達西表示非常想看看山上的風景，莉琪亦表同意。正要上樓去準備時，班奈特太太在她後面說：「莉琪，別怪媽要妳去跟那個討人厭的傢伙在一起，妳要知道，這一切都是為了琴恩。」

他們在散步的時候，一致決定當天就去請求班奈特先生的允許，母親那兒則由莉琪去說。她不知道母親會有怎樣的反應。可是不管如何，她的措辭可以想見都是不得體的。她待會兒不是欣喜若狂的大表贊同，就是捶胸頓足的徹底反對，唉，莉琪一想到這，就沮喪極了。

當天晚上，班奈特先生一進書房，達西先生立刻跟了進去。莉琪心裡真是焦急萬分，她不是擔心父親反對，而是怕父親會不耐煩。她是父親最寵愛的一個女兒，如果她選擇了這個人，會使父親為難，讓父親為她的終身大事憂慮難過，那真的不是她願意做的事。直到達西先生再度出現，面帶微笑，她這才鬆了一口氣。他輕聲的跟她說：「妳爸爸在書房等妳。」

她父親正在房間裡來回踱步，神情嚴肅而焦急。

他說：「莉琪，妳瘋了嗎？妳怎麼會喜歡上這種人？妳不是一向都最討厭他的嗎？」此刻，她真是慌亂到了極點。如果她從前不是那樣見解激烈、措辭不遜就好了，現在也就不用那麼尷尬的去解釋。可是事到如今她只好厚著臉皮跟父親說，她愛上了達西先生。

「也就是說，妳已經打定主意，一定要嫁他了？他當然有的是錢，可以使妳衣食不愁，但這就會使妳幸福嗎？」

莉琪說：「你認為我對他並沒有感情之外，還有別的反對意見嗎？」

「沒有。我們都知道他是個傲慢的人，但只要妳是真的喜歡他……」

莉琪含淚回答：「我真的喜歡他，我愛他。你不了解他真正的一面，因此，我求你不要這樣誤解他，我會很難過的。」

「莉琪，我答應妳。不過我勸妳還是要再考慮清楚。我了解妳的個性，莉琪，我知道除非妳真正敬服妳的丈夫，否則妳這一生就不會幸福了，憑妳這樣與眾不同的才能，要是婚姻對象不相稱，到時就會難逃悲慘的結局。好孩子，不要讓我以後知道你們合不來，妳要明白，這不是開玩笑的。」

為了使父親對達西先生更有好感，她又把他搭救麗迪雅的義舉告訴了父親。

「原來是他一手撮合了他們的婚姻，還替他們出錢、為威肯還債、替他找工作，並解決了我一大堆麻煩。」

於是他想起了前幾天讀寇林斯先生那封信時，自己的女兒是多麼的坐立難安，因而他又取笑了她一下，當她正要離開書房，他又說：「外面如果還有什麼人要向瑪麗或凱蒂求婚，帶他們進來好了，我現在心情正好呢。」

莉琪心裡的那塊大石這才放了下來，所有美滿的結局都來得太突然。

莉琪找機會把這個重要消息告訴了母親。班奈特太太乍聽到這消息，只是靜靜的一句話也說不出來，過了好一會兒，才緩緩明白又有一個女兒要出嫁了。當她完全弄明白是怎麼回事時，開始在椅子上喃喃道：「天啊！是達西先生嗎？誰想得到呢！我的莉琪，妳馬上就要大富大貴了！琴恩他們差得太遠了噢，我的好莉琪！我以前那麼討厭他，請妳代媽媽去向他求情吧！但願他能不計前嫌。我三個女兒都出嫁啦！每年會有一萬英鎊的收入！噢……」

這些話證明她是贊成這門婚事了。好在母親這些得意忘形的話只有她一個人聽見。

「快快快，我的乖女兒，告訴我，達西先生愛吃什麼菜？讓我明天好好打理一番。」

看來她母親又要在那位先生面前出洋相了。莉琪心想，現在雖然已經獲得了他的愛，而且也得到了家人的同意，但難免還是會節外生枝。好在第二天班奈特太太對她這位未來的女婿極其敬畏，幾乎不敢跟他多說什麼，只是不斷示好，不然就是恭維他的談吐。

莉琪看到父親跟他也很親近，心裡覺得很得意。班奈特先生對她說，他越來越看重達西了，他說：「三個女婿我都非常滿意，威肯，也許吧。可是我想，妳的丈夫也會像琴恩的丈夫一樣討我歡心。」

愛情

愛情使人脫胎換骨，莉琪好奇的要達西先生講述愛上她的經過。

「我也不確定是在什麼時候、什麼地點，看到了妳什麼樣的神情、聽到了妳什麼樣的談話，我就開始愛上妳了。那是好久以前的事，等我發覺自己愛上妳的時候，我已經在愛的途中了。」

「我的外貌是不可能吸引你的，至於態度，我對你至少不是很有禮貌，我每一次和你說話不是讓你難過就是憤怒，請你老實說，你是否就是愛我的蠻橫無禮？」

「我愛妳的機靈。」

「你還不如說是唐突，因為你早對那種多禮的客套感到厭煩了。有一種女人，她們的一舉一動都只是為了要博得你一聲讚美，你對這種女人已經麻木。我之所以會打動你的心，就因為我不像她們，我這麼一說，你就可以不必辛苦去解釋了。我通盤考慮了一下，覺得你的愛滿合情合理的，說實在，你根本不曾想過我有什麼長處，不管什麼人在戀愛的時候，都不會想到這種事情的。」

「當初琴恩在尼瑟菲德莊園生病，妳對她那樣體貼照顧，不正是妳的長處嗎？」

「琴恩人那麼好！誰能不對她好？我所有的好都是靠你的誇獎，你愛怎麼說就怎麼說吧，我可是只知道找機會來嘲笑你的哦。我問你，你為什麼總是不願意有話直說？那兩次來我們家為什麼見到我就害羞？尤其第一次，你為什麼露出那副表情，好像不把我放在心上似的？」

「因為妳板著一張臉，沉默不語，害我不敢和妳多談啊。」

「我難為情嘛。」

「我不也一樣？」

「那麼，你來吃飯的那一次，總可以跟我說說話了吧。」

「要是沒愛妳愛得那麼深，也許話就可以多說些了。」

「好啊，你總是能言之成理，偏偏我又這麼通情達理，唉！我想，要是我沒動靜，你不知要拖到什麼時候。幸好是因為我拿定了主意，要感謝你幫助了麗迪雅，我們才有今天。可是，我們是因為壞了當初的約定，才獲得目前的快樂，這在良心上說得過去嗎？」

「妳不用煩心，任何層面我們都是可以理清頭緒的。凱瑟琳夫人想要拆散我們，反而更讓我消除了種種疑慮。我從不認為我們目前的進展，都是出於妳對我感恩圖報的念頭。當我知道我姨媽來過妳這，我就知道有希望了，更決定要立刻把事情弄個清楚。」

「說實在，凱瑟琳夫人的確幫了我很大的忙。但你能告訴我這次你來的目的嗎？」

「我就是為了來看妳。可能的話，我還想過是否有機會使妳愛上我。」

「你有沒有膽將我們的婚事，當面向凱瑟琳夫人說呢？」

「我並不是不敢，而是沒有時間，但如果妳執意要我這麼做，給我一張紙，我馬上就寫。」

「哦，不，舅媽還在等著我回信給她呢。」

舅媽原本高估了莉琪和達西先生的交情，而莉琪又不願向舅媽說清楚，因此她寫來的信一直還沒有回。現在有了這個好消息可以告訴她，她一定會很高興的。

親愛的舅媽：

蒙妳告知我詳情和細節，本該早日回函道謝，只因當時情緒實在欠佳，因而遲未動筆。現在妳可以天馬行空的想，只要你別以為我已經結了婚就好了。妳就要再寫封信來讚美他一番了，而且會讚美得更甚妳上一封信。妳說要弄幾匹馬去逛莊園，這個打算如今看來可真有意思，以後我們就可以天天在那個莊園裡兜圈子了。我現在是全天下最幸福的人，也許以前有人說過這種話，可是絕不像我的這樣真實。我甚至比琴恩還要幸福，她只是微笑，我卻是大笑。達西先生要分一部分愛我的心問候妳好。歡迎你們到培姆巴里來過聖誕節。

莉琪

達西先生寫給凱瑟琳夫人的信，語調則和這封信迥然不同；而班奈特先生寫給寇林斯先生的信，又是另外一回事了。

賢姪：

我不得不麻煩你再恭喜我一次，莉琪馬上就要成為達西夫人了。請多多勸慰凱瑟琳夫人。如果我是你的話，我一定站在她姨姪這一邊，因為他可以給人更多的好處。

賓利小姐給哥哥的賀函，寫得親切無比，只可惜少了一分誠意。她甚至還寫信向琴恩道賀，重複從前那一套假仁假義的話。達西小姐寫了厚厚的信來，但仍說還不足以表達她內心的愉悅，不足以表明她多麼盼望嫂嫂疼愛她。寇林斯先生的回信還沒有收到，卻聽說他們夫婦將要回到魯卡斯農莊來。今早凱瑟琳夫人接到她姨姪的信後，怒不可遏，而夏露蒂對這門婚事偏偏高興極了，因此不得不避開。莉琪當然高興自己的好朋友回來，只是想到寇林斯先生對達西先生那種極盡諂媚的樣子，就不免覺得有些缺憾。不過，達西卻非常鎮定的容忍著。還有魯卡斯爵士，他恭維達西獲得了嬌妻美眷，希望今後能常在宮中見面。達西先生亦點頭接受，直到爵士走開以後，他才無奈的聳了聳肩。

另外，菲利普太太就像她姐姐一樣，見到賓利先生就很和顏悅色，面對達西則敬畏有加，不敢隨便，於是莉琪讓盡量讓他跟她自己或家裡那些不會使他受罪的人談話。這一切，使她更衷心盼望趕快離開這群人，趕緊到培姆巴里去，跟他舒舒服服的過一輩子兩人生活。

尾聲

班奈特太太兩個最寵愛的女兒出閣那一天，正是她做母親以來最快樂的一天，因為她生平最大的期望終於如願以償。說來也是好事一樁，她的後半生竟因此變成一個頭腦清晰、和藹可親、頗有常識的女人，只不過她偶爾仍會神經衰弱，緊張兮兮，這大概也是她丈夫的福氣吧，否則他就無從享受這種家庭幸福了。

班奈特先生非常捨不得莉琪，常常去看她，要知道，他一向不肯這樣經常出外作客的。他喜歡到培姆巴里去，而且都是在別人出乎意料的時候。

賓利先生和琴恩在尼瑟菲德莊園只住了半年。雖說兩人的脾氣都非常好，可是夫婦倆都不大願意和梅里東的親友走得太近。後來他在鄰近德比郡的一個地方買了房子，於是她們姐妹從此就相隔不遠了。

其中，凱蒂受益最大，她大部分時間都消磨在兩位姐姐家那兒，她本來就不像麗迪雅那樣放縱，現在又有人妥善的照顧她，當然她就再也不像以前那樣輕狂盲目了。那個成為威肯太太的妹妹常常要接她去住，說是有好多舞會和男孩，但她父親總是不准她去。

後來只剩下瑪麗還待在家。她開始常和外界應酬，可是仍然愛用道德的眼光去看待每一件事。

至於威肯和麗迪雅，他們的個性依舊。威肯劣性難改，還指望達西給他一些錢。莉琪結婚的時候，接到麗迪雅一封祝賀信。她看得很明白，即使威肯沒有那種念頭，至少他太太也有那種意思。

親愛的莉琪：

恭喜妳。今天妳能這樣富有，真是教人十分羨慕，希望妳常常會想到我們。我相信威肯會很希望在宮廷裡找分差事做做。如果再沒有人幫忙的話，我們就快撐不下去了。不管什麼工作，只要每年有三、四百鎊的收入就可以了。不過，要是妳不願意跟達西講，那就算了。

麗迪雅

莉琪果然對丈夫隻字不提，且在回信中乾脆回絕了她任何念頭。不過莉琪還是把自己的私房錢省下來接濟妹妹。她十分清楚，他們的收入只有那麼一些，兩個人又花費無度，當然無法維持生活。每次他們搬家，兩個姐姐總會接到他們的信，要求幫助他們償付欠款。他們老是搬來搬去找便宜的房子住，結果只是多花冤枉錢而已，威肯果然不久就感情變淡，倒是麗迪雅對他比較持久些，就算她年輕時荒唐，但終是顧全了應有的情操。

達西看在莉琪面子上，最後還是幫威肯找了一分工作。麗迪雅每當丈夫不在時，就會到他們那兒去作客；至於賓利家裡，威肯夫婦老是一住就不想走，弄得連賓利那樣溫和的人，也覺得老大不高興，甚至暗示他們可以走了。

達西結婚時，賓利小姐傷心極了，可是她又必須保持在培姆巴里作客的權利，只好把怨氣往肚子裡吞。

安娜和嫂嫂的關係正如達西先生所預期的那麼親密。她非常敬愛莉琪，只是，開始時兄嫂談起話來是那麼的天真調皮，令她頗為吃驚，因為她一向尊重的哥哥，現在竟成為被打趣的對象。經過莉琪的陶冶，她開始懂得：妻子可以對丈夫放縱，做哥哥的卻不能允許自己的妹妹開玩笑。

凱瑟琳夫人對她姪兒的這門婚姻簡直是氣憤到了極點，姪兒寫信向她報喜，她卻回信把他大罵了一頓，對莉琪更是罵得兇，後來莉琪說服了達西，達西才上門去求和。姨媽稍微做態一下就心軟了，這可能是因為她疼愛姪兒，也可能是因為她好奇的想看看這個姪媳婦是怎樣做的。

達西夫婦跟嘉弟納夫婦一直保持著良好的情誼。達西和莉琪打從心底喜愛他們這對夫妻，並一直心存感激。因為多虧他們把莉琪帶到德比郡來，才造就了現在這段美好姻緣。